·典雅生活

花·界

程然 / 著

无涯之界，
有心之旅。
花界可以观心，
旅行即为心行。

北京大学出版社

图书在版编目（CIP）数据

　　花·界 / 程然著. —— 北京：北京大学出版社，2020.7
　　（未名·典雅生活）
　　ISBN 978-7-301-31351-0

　　Ⅰ.①花… Ⅱ.①程… Ⅲ.①散文集－中国－当代 Ⅳ.①I267

中国版本图书馆CIP数据核字(2020)第103660号

书　　　名	花·界 HUA·JIE
著作责任者	程　然 著
策 划 编 辑	杨书澜
责 任 编 辑	魏冬峰
标 准 书 号	ISBN 978-7-301-31351-0
出 版 发 行	北京大学出版社
地　　　址	北京市海淀区成府路205号　100871
网　　　址	http://www.pup.cn　新浪微博：@北京大学出版社
电 子 信 箱	zpup@pup.cn
电　　　话	邮购部 010-62752015　发行部 010-62750672 编辑部 010-62753334
印 刷 者	涿州市星河印刷有限公司
经 销 者	新华书店 787毫米×1092毫米　A5　11.25印张　240千字 2020年7月第1版　2020年7月第1次印刷
定　　　价	86.00元

未经许可，不得以任何方式复制或抄袭本书之部分或全部内容。
版权所有，侵权必究
举报电话：010-62752024　电子信箱：fd@pup.pku.edu.cn
图书如有印装质量问题，请与出版部联系，电话：010-62756370

自　序

这是一本循着花期探访寺院的随笔集。

其中最早的一篇文章成形于2003年，那一年我和青石①去了白马寺。

白马寺，是佛教传入中国后，官方修建的第一座寺院，它的由来与汉明帝迎请古印度高僧摄摩腾、竺法兰入中原，二僧以白马驮经相关。

我们俩那时候有一个心愿，想去寻访在地图上有寺院标识的地方，想置身于那些古老的庙宇，亲身去游历历史的画卷，聆听来自修行者的清音。

于是，有了焦作云台山、洛阳白马寺、嵩山少林寺和开封大相国寺的河南之行。

而在白马寺，适逢牡丹满园，洛阳牡丹历来惊动天下，貌似娇柔的牡丹鳞次栉比，开得绚烈，落得慷慨，提点着徘徊在古庙里略有失望的我们。

花儿本不在我的筹划之内，却因为有意的探访一再地与花儿

---

① 青石，同行者。

不期而遇。

再后来，有了江南之行，在天台山国清寺，寒山拾得①跳出了画框，他们从唐朝穿越而来，正在亭子②里开心地攀谈，我有幸听了个全本儿，知道了那时于我身后围墙上攀爬着的，是隋代的白梅。

还有，在盛夏，空无一人的湖北黄梅五祖寺大殿里，桌子上有一个经架，上面是翻开的《金刚经》，经架下放了三朵栀子花，温润洁白，幽香四溢。那一刻，让人怦然心动。

有庙的地方，总是有花儿。

东林寺、塔尔寺、法源寺、药山寺、兴教寺、开元寺……

海棠、丁香、玉兰、木槿、桂花、山茶……

这些文字的确记录了植物的遇见，山河的丈量，然而，它又不仅仅是这些。不是都说，一花一世界吗……植物的生长衰落，山河的沧海变迁，映照着人生道途中那些微小的烦恼和欢喜，那些宏大的汇聚与告别。在这样的道途中，我们和那些隐藏在历史里，隐藏在山林中的人们相遇，我们或提问，或唱酬，时而沉默无语，时而心心相印。

寺院为经，花儿为纬，它们以四季的更迭陆续显现，直到有

---

① 寒山和拾得，是浙江天台山国清寺历史上的两位名僧，也是中国佛教史上的两位著名诗僧。在国清寺都干过厨房的活儿，二人行为怪诞，在佛学、文学上的造诣却很深，常在一起吟诗作对，后人将他们的诗汇编成《寒山子集》三卷。他们俩情同手足，相处融洽，也被称为"和合二仙"。

② 这一间亭子，就是"寒拾亭"。相传当年，寒山拾得常在此间对诗。

一天，那首古诗改编的歌曲撞入心田：春有百花秋有月，夏有凉风冬有雪。若无闲事挂心头，便是人间好时节！①烂熟于心的字句在踌躇已久懵懂若有所悟的那一刻，恍若醍醐灌顶，灵光于此乍现。

是啊。这些篇章，不正是"春有百花""夏有凉风""秋有月""冬有雪"的历程吗？风花雪月，恰恰以花为界，以花寓意。而它们要说的，不正是心中不挂一丝闲事，顺逆皆为好时节的认知吗？

除此四章，还有外一章，是在这些年的寻访中，无意间涉足了虚云老和尚光复的祖庭道场②，除了大理鸡足山祝圣寺尚未前往，其他五座均有去拜谒，加上太白山，亦是老和尚在终南山狮子茅蓬结庐闭关后，又一处静修远遁的地方。凡此六篇，唤作"白云沧海"。

在这些文字里，涉及的也不全是国内的寺院，《道心犹如海上花》写了日本奈良唐招提寺的琼花。唐招提寺是鉴真和尚东渡日本六次之后建造的庙宇，而琼花来自和尚的故乡——扬州；而《看见牡丹莲，看见她》写的是泰国清迈的素贴寺，一个手捧着牡丹莲，在人群中悄悄饮泣的泰国女子出现在我看见

---

① 这首诗的作者是宋代无门慧开禅师。诗偈表达了"平常心是道"的境界。一年四季，各有其好。佛性万变不离其宗，虽有千变万化，也只是游戏而已，心中对此不起分别，不执着一念，一概笑而纳之，那么顺逆好坏也就全都是风景了。
② 虚云老和尚光复的六大祖庭是：云南省鸡足山祝圣寺、云南省昆明市西山华亭寺、福建省福州市鼓山涌泉寺、广东省韶关南华禅寺、广东省云门山大觉禅寺、江西省云居山真如禅寺六大千年古刹。

的画面里,"她几乎是匍匐在地上,像是要亲吻地面,而那地上霎时出现了密集的眼泪"。

大师的誓言,众生的哀痛,在这花界,一样令人关切。

我也没有料想到,寻访竟持续了16年……相信这本书稿付梓后,这个行程也不会结束。

无涯之界,有心之旅。旅行即为心行。

愿与诸君分享!

目录

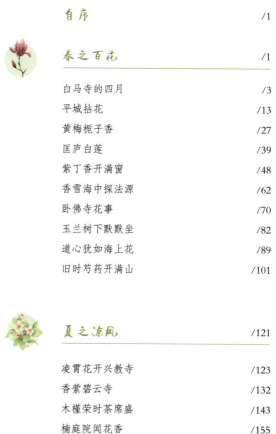

自序	/1
春之百花	/1
白马寺的四月	/3
平城拈花	/13
黄梅栀子香	/27
匡庐白莲	/39
紫丁香开满窗	/48
香雪海中探法源	/62
卧佛寺花事	/70
玉兰树下默默坐	/82
道心犹如海上花	/89
旧时芍药开满山	/101
夏之凉风	/121
凌霄花开兴教寺	/123
香蒙碧云寺	/132
木槿荣时茶席盛	/143
楠庭院闻花香	/155

目录

秋之月 /165

桂花海在灵谷 /167
再见五塔寺 /176
开元木上棉 /186
米兰地消息 /196
看见牡丹莲，看见她 /207
蝴蝶芙蓉黄檗山 /217

冬之雪 /229

隋梅知人心 /231

白云沧海 /243

云居山怀远 /245
太白山寻隐 /259
光明藏里繁花开 /271
云门山茶 /290
曹溪水畔火炭母 /312
鼓山木荷 /331

后记 /347

春之百花

走江湖的部分丛林①
① 湖北黄梅四祖寺
② 湖北黄梅五祖寺
③ 庐山西林寺
④ 庐山东林寺
⑤ 云居山真如寺
⑥ 宝峰寺
⑦ 百丈山寺
⑧ 洞山普利禅寺
⑨ 黄檗禅寺
⑩ 九峰寺
⑪ 仰山栖隐禅寺
⑫ 青原山净居寺
⑬ 曹山宝积寺

———
① 本书所用图片除专门标注外，作者均为程然。

白马寺的四月

1.

去洛阳之前,我们刚刚从焦作云台山离开。

焦作给我留下了非常好的印象。整个城市虽然古旧,却十分整洁清净。早晨到的时候,洒水车已经劳作完毕,路边有人在继续清扫。空气里有灰尘和水在一起作用后的味道,让人恍惚有回到20世纪80年代朴素旧时光的感觉。

去往云台山的路,宽阔笔直。夜宿山里唯一的宾馆,游人稀少,山色苍茫。山中瀑布众多,云雾蒸腾,绿意扑面。这一处所在让人惊讶,要不是有朋友引荐,我们哪里能知道禅宗祖庭万善寺藏匿于此呢?

听说云台山也在近年搞起了旅游,与之接壤的晋南人民会在长假期间摩肩接踵。我庆幸自己选择了节前出行,只是为了人少可以观景。晚上离开寺院回宾馆,要走很长一段土路。路上无灯,唯有星光做伴。

依稀光亮中,与同伴摸索前行,幽深的山和风里婆娑作响的树在寂静里看着我,似乎都在考验我的胆量。然而在自然里,我从来不起惧怕之心,对于山水,我一直有一个痴心——"托体同山阿",不知为何,在大山怀抱,我总想起这句诗,自然是归所,有何可惧啊?

我一步一步,踏踏实实,走得毫不迟疑。

那一夜,睡得真沉。

第二天,赶上了焦作开往洛阳的中巴车。车很破旧,路也颠簸,苍凉的中原风貌在窗外倏忽而过。如果不是路边的那些重型机械厂的名字标牌不断地在提醒,我无法相信自己正在进入洛阳古城的领域。

不可否认,洛阳和焦作相比,从城市面貌来说,竟然要差许多。焦作像一个不富裕的人家,简朴却不简陋,干干净净的,那一份普通人的自尊,让人不敢轻视。而洛阳,这个号称世界上第一座统筹规划的城市,13个王朝的都城,满城牡丹惊天下的美名,却让人难以和眼前这斑驳建筑,失修道路联系在一起的。

是的,我几乎忘记了,古城在新中国成立后的另一个标签是重工业城市。那些古老文明的传承,文化的溯源都隐藏在浩瀚的历史沧桑当中。中巴车在市中心有站,唯有逃离它,才能让我与心中的唐时明月汉时都城离得近些,那一星半点的古意,哪怕是残存着的蝉蜕,于我也弥足珍贵。

我们在白马寺附近找了旅舍,安顿下来。

入夜,过路的大货车,喝醉了酒通宵吵嚷的游客,声声入耳。疲累中，我昏昏入眠。

2.

白马寺与我所见过的寺庙并无大不同。

中轴线上，天王殿、大佛殿、大雄殿、接引殿和毗卢殿这五重殿依次展开。

山门不大，由三个门组成，象征佛教"空门""无相门""无作门"的"三解脱门"，红墙灰瓦，气势庄严。门外有白马石雕作为标识安立。

白马在佛教中寓意深远，本师①出家时就是夜骑白马绝尘而去；玄奘西行求法，陪伴他星夜兼程的亦是一匹白马。而作为佛教传入中国官方修建的第一座寺院，白马寺的由来更是因为汉明帝迎请古印度高僧摄摩腾、竺法兰入中原，二僧以白马驮经，自此，白马寺名垂青史。

白马寺因其初转法轮的功德，两位高僧在圆寂后落葬寺内，一东一西，至今由后人瞻仰凭吊，这种在寺院当中起修僧人灵骨塔的纪念，在国内也不多见。

我知道白马寺，并非因之是中国佛教的释源和祖庭，而是听说了玄奘大师和金乔觉的故事。玄奘的故乡就在洛阳东南，他少年落发，在洛阳多所寺庙学修。以此为起点，又游学四方，27岁

---

①本师：释迦牟尼佛的别称。

● 这可是玄奘和金乔觉曾经学习的地方啊

离开中原，历经17年，行程5万里，西行印度求法；新罗王子金乔觉，早年间来大唐留学，汉学修养很深，曾说："世上儒家六经、道家三清法术之内，只有佛门第一义与我心相合。"那个时候的他，风华正茂，参访足印遍及古刹名山，白马寺听经亦为其人生篇章之一，归国后不久，他毅然为僧，24岁再度来华，经江南驻锡九华，成为地藏菩萨的应身之一，人称"金地藏"。

遥想那繁盛的时代，彪炳中国佛教史的那些大德，都曾在这片土地上开辟鸿蒙。仰头望一望天，不由得有泪盈眶：这可是玄奘和金乔觉都仰望过的蓝空啊！

是的。仅仅这蓝空，这沃土不曾改变。所有的厅堂院落几经兴废，那些旧日风姿早已不复存在了。据说，只有红色门楣上嵌着"白马寺"的青石题刻，与接引殿通往清凉台的桥洞拱形石上的字迹，是东汉遗物，那是白马寺最早的古迹。

而在我们一一拜谒之后，不绝于耳的歌舞声终于还是露了面目。在白马寺一旁的广场上，有一个外地来的歌舞团，唱些模棱两可的佛歌，络绎不绝的游人或驻足观看，或大声笑嚷。佛门净土与旅游项目混搭在一处，检验着佛子的悲心。惶惑间，有几位年轻的法师翩然经过，他们目不斜视，并不为此场景所动。

白马寺的传说，和现世的热闹同时上演。你会嗅见尘世里的簇拥气息，也能闭目静听来自内心深处的喟叹。凡人们的愿景，与求法者的心意，其间的漫漫长路，又有谁来跋涉、接引、相印呢？

正痴想间，我闻到了阵阵幽香。

在院墙之间，一片牡丹正开得娇艳。这是4月，洛阳最好的季节。曾被则天皇后一怒之下贬谪的牡丹，在东都生根落地。看似含羞带娇的花朵，柔嫩得像少女含泪的脸庞，却不畏皇威权贵——万花皆于异时齐放，唯独她一身傲骨，久唤不开。被逐出长安后，牡丹在洛阳开得姹紫嫣红，惊动天下。

尽管歌舞的喧嚣犹在耳畔，尽管如织的游人穿梭身旁，眼

花 * 果

● 仿佛是展开硕大翅膀的白鸟,凌空无声

前这大朵大朵的璀璨云霞却似有让人霎时安静下来的力量,忘却置身之所,直抵众香国府。也有含苞未放的骨朵,在幽绿色的叶片中静若处子。那些不起眼的骨朵,让人无法与怒放时的牡丹联系在一起,此刻低眉内敛,却会在一夜之间,挣脱一切羁绊,用尽全部气力,绽出最夺目的容颜。

这是我第一次如此近,如此静地端详牡丹。它的花瓣薄如羽翼,透明纯净,仿佛是展开硕大翅膀的白鸟,凌空无声,有光处愈显轻盈,有着摄人心神、令人噤声的美。停留在花蕊中的,有时候是蜜蜂,有时候是露珠,蜜蜂流连过的,一定是最幽芬深邃的花;而露珠盘旋不去的,更为她平添了一份欲语还休的默默情怀。

牡丹的颜色有多种,洁白、浅粉、藕荷、桃红、绯红、玫紫……她的色彩,仿佛一个初涉人世的少女,在向自己的盛年慢慢地移步前行。涉世未深时的单纯,初试啼声时的忐忑,小露峥嵘时的沉静底色,艳冠桃李时的当仁不让,还有倾国倾城时的壮烈绚烂……

也有提前凋落的花儿,花瓣一片不落地散在泥土之中,唯留空枝,似乎在告诉迟来的人儿,她们曾经于此芬芳。牡丹花开,像解冻之江流,毫无犹疑,果决凛冽;牡丹凋谢,也如大江东去,没有拖泥带水,纠缠不休,貌似女娇娥的千姿百态,内里却是大丈夫的收放利落。

望着白马寺中汪洋恣肆的牡丹花海,我那寻古访幽而险不得的心得到了莫大的安慰。这是欧阳修赞美过的牡丹城,亦是白居易笔下"花开花落二十日,满城人人皆若狂"的盛况。

我素不喜人多,却爱这花前月下,浑然忘我的画卷——那是忍受了长途跋涉的劳累,一宿卧听醉语的喧哗,城乡建筑满目的千篇一律以及佛门古刹中游人商人此起彼伏的吵嚷,才悄然相逢的美好啊!

再度回首我要寻觅的古意,我略有所悟。

在东汉,佛法初兴时,白马寺两位天竺僧人译出《四十二章经》,经文里有言——"沙门问佛:何者多力,何者最明?佛言:忍辱多力,不怀恶故,兼加安健。忍者无恶,必为人尊,心垢灭尽,净无瑕秽,是为最明。"

这是在告诉我们什么真谛呢?

污秽的淤泥永远是和圣洁的莲花相生相随的,若不能看穿污泥的肮脏,就无法扫除心地的垢乱,心香的芬芳亦无从说起。

任何一个时代,都不是完美无缺的吧,盛世虽有古风,却须臾不曾离开人心的争斗、王者的淫威;朝代更迭中的战火人祸,土木一再大兴后的寺院胜景,只是一时一世的荣衰相继,那些表面的辉煌与摧残,与佛法何干?!忍乱中之衰,冷眼兴中之荣,盛开出自己的心花,才是和真正的古意一脉相承啊。

这是白马寺的4月。因为遇见与古意相印的天壤、牡丹,因为也遇见与古意相违却有启发人思考和见地的经文,而终得圆满。

● 牡丹花开,像解冻之江流,毫无犹疑,果决凛冽

花界之旅·旅行贴士

1. 白马寺,在河南洛阳。可以同期去看的,还有龙门石窟和白园(唐代诗人白居易的纪念园林,他的墓在此园)。

2. 在河南访花寻幽,可以从焦作的云台山开始,云台山的万善寺是禅宗临济宗祖庭;继而一路向南,抵洛阳;

第三站是登封的嵩山，嵩山是五岳中的中岳，这里除了有达摩祖师面壁的禅宗祖庭少林寺外，还有创建于东汉，比洛阳白马寺仅晚三年的法王寺。山上还有嵩阳书院，是宋明理学创始人程颐、程颢等儒学大家活动之所。嵩阳书院与河南商丘的"睢阳书院"、湖南"岳麓书院"、江西庐山"白鹿洞书院"并称宋代四大书院。山上还有周公、许由、巢父和伯益等先贤的遗迹。第四站继续往南，是开封的大相国寺。这所寺院是战国时四公子之一的魏公子信陵君故宅，北齐时建庙。《水浒》中的鲁智深在此出家看守菜园子，怒拔垂杨柳一节出自此地。

3. 每年4—5月，为牡丹花花期。

平城拈花

我是山西人，却一直没有去过大同。

听母亲讲，她年轻的时候去兰州探亲，要走北线，大同是必经之地；听爱人讲，他第一次去山西，是从五台去大同，快到大同境内的时候，远远地看见有五彩的云，心中骇然，以为自己有福报要看见驾着彩云的菩萨了——不想，是重工业城市排出的烟。

我哑然失笑，在太原生活了七年，家的旁边是电解铜厂，烟囱里排过粉色的烟。故乡是煤炭大省，冬天要是戴着雪白的口罩，半天下来，鼻孔的位置是两个黑色的点。

我也不知道云冈到底有多美，不知道悬空寺有多险，不知道应县木塔有多好。

想着如果真的看不见古意，不去也罢。

没想到，我真的是想多了。

很多地方，百闻不如一见，是非好坏非亲历而不能得。

我和朋友们是开车去大同的。

北京的山、河北的山还有雁北的山,在我眼里,大同小异,很多都是狼牙山的那种石头山。秋冬季节,疾风荒草,石头山块块垒垒,让人只觉得孤寒入骨。如果没有雪,那些荒山就突兀地矗立在那里,让人看了很尴尬。

习惯了少年时代的四川,四季常绿的阔叶林,淙淙不绝的溪

• 善化寺的杏花

● 善化寺的杏花

流……北方总是让我打不起赞美的精神。

好在有春天。

4月中旬的北方,荒凉的长城内外,霎时开满了丛丛簇簇的杏花儿。花儿是浅粉色的,开大了就是白色。在那些严肃的没有表情的山石间,杏花儿开成了海,让我们屡屡惊叹,一直到了云冈,到了善化寺、华严寺和法华寺,这花儿一路铺排,点缀着黄土青岩,微风拂过,花雨漫天。

我们举起相机,旋即又放下——

在飞驰的车上,花海动荡,我们所见的,唯有这双眼这颗心可以尽见,相机再好,捕捉不了那转瞬即逝的纤巧。繁多而壮丽的杏花林层层叠叠,石头山因为有它们,粗粝中平添了一份轻盈温柔。

• 云冈

我去云岗是要拜访一位那里的长者。在路上,我戴着耳机听完了他在山西大学历史系关于北魏与云冈的讲座。他是我熟悉的家乡人的那种感觉,有口音的普通话,扎实朴素,性格中似乎还带着些执拗。

在他的介绍中,温故而知新。

大同,古称云中,又叫平城。是北魏的首都,辽金的陪都。北魏拓跋珪于公元386年称帝,398年带着群臣和家眷进驻平城,从此开始,平城成为首都。拓跋人属鲜卑族,向往中原的繁荣,弃旧都盛乐①,为了加快汉化,他下血本建平城宫室,按照长安、洛阳的规制,据说仅仅大木头就用了上百万根。拓跋珪即是太祖道武帝,自他而后,北魏五代皇帝都在平城号令天下。到第六代,孝文帝拓跋宏

---

① 盛乐,地处今内蒙古和林格尔。

决定迁都洛阳,那个时候北魏版图已扩张到河南南部,迁都成为可能。于是,公元493年,孝文帝顶住了老臣们的反对,离开了平城。

北魏的国都虽然离开了此地,但举世闻名的艺术宝库——云冈石窟却由此留了下来。

我们进入大同界内,向右的路是市区,向左即是云冈。这个岔路口,带我恍若重回十多年前的洛阳。路况还是不好,修车的,卖轴承零件的,店铺杂乱,运煤和运材料的货车比比皆是,呼啸而过。古都,再三变迁后,都成了重工业城市了吗?

怀着忐忑进了云冈景区。

一株杏花斜倚在青砖砌成的研究院内。青砖结构的石窟研究院沉着、儒雅,建筑很大气,而那一株,哦,不,是好几株杏花,被种在不同的角落里,风一拂来,瓣瓣洒落,自有风骨。

之后去看了石窟。

已是黄昏,云中山冈,连绵不绝的武洲山南麓,依山开凿的石窟依次排开。

天微微有些落雨,杏花随雨而洒,落在步道上,也落在石阶前。

这应该是我看见过的最干净最整洁的古迹遗址了。

昙曜广场上有一尊昙曜和尚的铜像,青灰色,衣袍飘飘,清瘦坚毅,他是云冈石窟早期佛像的主导者。礼佛大道两侧由13对

"骑象四棱神柱"组成，柱子由六牙白象驮着，白象的六颗牙象征着佛家六度①，白象下方的基座雕有侍者，穿靴的是男子，穿裙的是女子。这些柱子采用了黄沙岩雕刻，与古老石窟的材质、色彩，以及周边环境的苍劲浑然一体。置身其中，不觉新旧。

沿路供行者歇息的长凳有两种，一是整木中分后，在平面涂上清漆，不掩本色；还有一种竟然是碾子——没错儿，是碾子，北方农村随处可见的碾子。发现碾子以后，放眼望去，路灯、标识牌的柱体也都是碾子做的，这创意来得巧啊，说实话，我们都有些惊讶。

最先去看的是昙曜五窟。五个石窟开凿于公元460—465年，是云冈石窟的早期工程。五窟中央都雕刻了巨大的如来佛像，与其他时代（尤其是印度佛教地区）的佛像不同的是，这五尊佛像，是以北魏五朝的五代皇帝为原型来刻画的。

北魏建国初期，不计其数的人民从华北、关中以及河西等地区来到平城，这其中不乏佛教信徒。侍奉道武帝和明元帝的僧人法果提出"皇帝即当今如来"的思想，契合了统治者"君权神授"的心理需求，又为游牧民族统治北方汉人提供了互相依存的基础。于是，在北魏大败凉州后，俘三千僧人东行，以加固教化，昙曜大师即在其中。

昙曜是凉州②人，曾在年少时西行，学习译经。被俘东行后

---

① 六度，佛教修行当中意即六种去往解脱彼岸的方法：布施、持戒、忍辱、精进、禅定和般若。
② 凉州，今甘肃武威。

他辗转抵达平城。其间他亲历了太武帝灭佛事件①，死里逃生的凶险却没有令他放弃信仰，在对僧人迫害最为严重的时刻，昙曜法服贴身，须臾不离。后来文成帝复兴佛法，一日东巡，路遇高僧昙曜而不识，但帝王的坐骑——白马衔衣，不愿再行，这就是"马识善人"的典故由来。文成帝由此礼请大师再度回归，命之为"沙门统"，主持全国佛教管理。昙曜深受灭佛之痛，加上文成帝有意开凿佛教石窟，他领命监督，将五方五佛与五朝皇帝一一对应，将波斯人古印度人乃至犍陀罗的雕

● 第16窟大佛

---

① 北魏太武帝灭佛事件：北魏为了统一北方，巩固在中原的地位，以全民为兵。因沙门历来可以免除租税和徭役，太武帝在公元438年下诏，凡是50岁以下的沙门一律还俗服兵役，还听从了宰相崔浩的劝谏，改信道教，排斥佛教，后来发展到灭佛。公元446年，太武帝亲自率兵去长安镇压胡人盖吴的起义，结果在寺院里发现兵器，由此怀疑沙门与盖吴同谋，结果下令诛杀全寺僧众，由此下令焚毁天下一切经像，杀戮长安的沙门，一时间举国风声鹤唳，此为太武帝灭佛事件。

● 罗马立柱作为支撑

● 不同朝代的修补层次

● 手印

塑风格融入其中，还蕴含了警示讽谏，为后世留下瞩目国宝。

五所洞窟窟制相同，平面呈马蹄形，穹窿顶，窟内造像以三世佛为主，壁面雕刻有符合习禅僧人谛观的释迦、弥勒和千佛形象，寄托了昙曜大师欲求佛法流通后世，永存无绝的愿景，也兼具广聚沙门、同修定法的祝福。各窟主像均在13米以上，雕饰奇伟，形容震撼。

其中第16窟佛像为站立像，穹窿窟顶，如天宇华盖，辽阔苍茫，他被推测是只活了26岁的文成帝的象征。佛像波纹状的发髻，年轻英俊，端严凝重，表现出襟怀旷达的神采。琉璃镶嵌的眼珠虽已失落，腰身以下的衣襟身形虽也斑驳，却仍然能从岁月风霜的侵蚀当中一睹他洞察尘世的睿智和华容。所谓触目惊心，即是言此了吧！

第18窟主佛，亦为站立佛。明窗阔大，令采光充足，通风良好。佛像袒右肩，披千佛袈裟，高肉髻，眉眼细长，鼻梁挺括，具有典型的拓跋鲜卑人的形象特征。其阶梯式衣纹，轻薄贴身，有着印度恒河流域笈多雕刻艺术风格。据推测佛像对应的即是听信道士谗言，大兴灭佛的太武帝。太武帝晚年对灭佛颇有悔意。这一尊佛像身着"千佛袈裟"，亦是中国石窟寺早期佛像雕刻的先例，似乎在传达千佛出世，证得正果，佛法不灭的一种愿力。

第20窟大佛，为云冈石窟最为辉煌之作，窟前也曾有窟顶与前壁，后崩塌毁坏。大佛露天结跏趺坐，广额明眸，法相庄严，高肉髻，八字髭，衣褶用折带纹表现，保留了中亚犍陀罗的艺术

• 第20窟大佛

成分，而佛像大气挺拔，气韵雄浑，北方游牧民族的强大和英勇跃然眼前。

　　昙曜一生颠沛，以俘虏身，以逃亡身置于尘埃之低，却能忍辱负重，运筹智慧，借皇权需由宗教教化来巩固而弘法，在艰苦卓绝之境矢志不渝，译出了对后世影响深远的《付法藏经》。

春之百花

站在古老的石窟外，长者又引领我们去了其他一些地方。譬如暂时荒废，不久将再度起用的剧场——在下沉式的现代剧场外，竟然有矿井里的运煤车，不仅有车，还有一节轨道，车斗里是空的，放在剧场的灰墙根下颇有意味。长者说，这是用来做花坛的，花儿拿去换了，不几日就又盛放在其间了。接着又去了紧邻景区的一个别有洞天之地。沿路看见的佛塔是由雁北地区农村的磨盘和碾子垒成的；莲花灯柱是由矿井里的抓钩倒置铸成的；一大片荒地上堆放着几节绿皮车厢、轴承、废铜烂铁……后来我们来到了一个仿佛外太空的房子里，里面的桌子腿是用马车的车轮做的，轮子的顶部有佛像，而佛像又是用螺钉和螺帽组成的，巨大的窑洞般的窗口里面一床一桌一椅，竟然是胶囊旅馆的思路和配置！

在胶囊旅馆的地下，还有在建的咖啡馆、放映室等环境，飘

● 工业与古迹混搭

窗的装饰物是麻绳结成的网。从胶囊旅馆走出,锅炉房旅馆、四合院民宿、老式机车星罗棋布,甚至还有两个巨型的变形金刚站立在工地上!

看到我们发自肺腑的目瞪口呆,像老顽童一样的长者突然开心地笑了,他说,云冈这个地方,最不缺工业时代的东西,还有这一带农家的用品,别人觉得司空见惯,或者视若废物的,在我这里,都是宝,都是和武洲山相得益彰的好东西。就地取材,废物利用,让这些产自这里的事物回归到这里,再服务于这里,如果你坐在它旁边不觉得突兀,甚至感受不到它的设计和用意,那说明它已经和这些古迹融为一体,你发现了,品出来一点妙趣,也很好,说明它是发展的,有艺术感的,它也在发出它的光。

为什么要做这些风格前卫、奇思妙想的旅馆和民宿呢?我们都忍不住问。

长者说,一直以来,远道奔赴的游客们都是住在市区,来云冈观瞻,还有许多学艺术的学生,他们来大同,很多都是为了学习和临摹,可是舟车往返,诸多不便,而一天的走马观花对于很多学者和艺术家来说,远远不够。景区没有住宿,一直是个软肋,既能解决这个问题,又要与石窟群有一个合适距离,他和同事们找到了这一片荒地。荒地以前归属矿山,地下室都是早先矿工挖的地窖,既不大兴土木,又能解决问题,矿井和农家现成不用的东西,都可以在这样的想法下变废为宝。而先期投入使用的四合院民宿,如今正住着美院来写生的学生。

感慨于斯,长者说,如今的生活,所得足够,守着国宝,唯

● 锅炉房旅馆

有多做一些事,再多做一些事,把自己的光和热给到别的人,才不辜负……

露天大佛前顶礼三拜。日落前的那一刻,光突然破云而出。雨已经停了。游人陆续在离开。我却由衷地想坐下来,就坐在这尊佛的跟前,没有目的,不必赶路,歇在这一处,歇在这一刻。

我也曾去往遥远的伊比利亚半岛,在藏有古老文明的壁画前细读,也曾在黄昏的钟声响起的时候,停留在教堂外的空地上,看人们浸润在那些穿越古今的灵魂摇篮里怡然自得,而在云冈的那一时那一刻,同样的觉受亦升起。

花雨慷慨,飘洒无尽,古雅壮丽之地,有旧时的心愿和此刻的护持,如默雷轰传。

花界之旅·旅行贴士

1.云冈石窟,在山西省大同市。同期可以安排的还有大同市区的华严寺、善化寺和法华寺,以及梁思成纪念馆。另外,距离大同车程一小时左右,还有北岳恒山的悬空寺、应县木塔。

2.力荐油糕和凉皮,以及老醋坊手工醋。

3.3月底—4月初是杏花盛开的花季。

黄梅栀子香

第一次开始跑江湖，是在2005年的初夏。

江湖是江西、湖南和湖北的简称，之所以有"跑江湖"的说法，是佛法兴盛的时候，这三地有许多禅宗丛林，学法的师父们在此二地来回奔返而得名。

我想着要去虚云老和尚的真如禅寺看看，也想拜谒庐山脚下的东林寺、西林寺……于是便拣了5月的一天，入住九江。一江之隔，江北就是湖北黄梅。

黄梅很有名。有禅宗的四祖寺和五祖寺。六祖惠能舂米写偈子的地方就在五祖寺。而近代作家废名亦是黄梅人。火车由北向南开的时候，路过九江长江大桥，路过黄梅，我心里就念着这里了。

晚上在江边散步，看着夕阳在壮阔的江面上缓缓落下，那对岸的星星点点，黄梅人家正在生火做饭。

及至真正启程，才知道路程并不近。那隔江相望的并非黄梅县城，而是黄梅的一个镇。过了九江长江大桥后，车行还要走一个多小时，才能到黄梅县。一路上汽车、三轮蹦蹦、二轮摩托和"11路"①交替，才上得五祖寺所在的山巅。

而四祖寺与五祖寺并不在一处，它们在黄梅的两个相反方向。

虽是初夏，当空的却也是烈日，汗流浃背，遥想当年那些热忱的求法者，也曾在这烈日下流汗奔劳吧。那个时候的交通工具可没现在这么发达，要在江湖上行走，只有两个脚板做劳力。

坐摩托在路上疾驰的时候，身边莲叶田田，初始只是惊叹她们的温婉美丽，到后来惊叹的是荷花的规模。我叫停了摩托，蹲在路边拍照。有农人看见我的兴奋，笑了。

我知道，在我眼里表法纯正的荷花，在农民兄弟手上，就是庄稼。那些莲子、莲藕，既是粮食也是药品，形而上的表法，与形而下的价值，都是让人欢喜的。

据说在黄梅，规模最大的荷花湖有1000亩。

微风扶摇，那该是怎样的一幅美景啊。

平坦的马路逐渐开始爬坡，逶迤之路展开，荷田逐渐消失，有和风绕着山梁，吹拂着我和同伴的心。

拜摩托之力，我们很快就来到了五祖寺的山门外——或许是我的清晨都用来赶路，到达寺庙的时间几乎都在酷暑晌午……游客在晌午时分稀少，而师父们大多正在午休。庭院宁静空阔，让

---

① 11路，指步行。

我的汗珠显得如此鲁莽。

● 五祖寺竹林

这就是建于唐永徽五年（654年）的湖北黄梅五祖禅寺了啊！

中国禅宗第五代祖师弘忍的道场，也是六祖惠能得法受衣钵之圣地。第一重门是天王殿，殿上方刻有敕建"真慧禅寺"的字样。实际上五祖寺在弘忍大师建庙时，叫作东山寺。后来为纪念五祖，被人称作了五祖寺。

天王殿后面的建筑别具风格——主殿和地藏殿、观音殿连为一体，并排而立，远看蔚为壮观。与别处不同，在这些菩萨殿堂中，还有一座圣母殿，供奉的是弘忍大师的母亲周夫人。

这里面还有个故事呢：相传破头山有一位种松老者，他对

● 山门

四祖道信很是仰慕，想拜师于他，出家修行。道信说他年老，出家无用，要他以待来世。后来道信去黄梅，路遇一个小孩子，四祖便问小儿何姓，不料那孩子却回答说："性即有，非常性。"四祖再问，孩子便说"是佛性"，再三问，更言"性空，故无"。道信很是惊奇，以神通看他，才知道这小孩子就是种松老人转世……

原来，种松的老者求法不成后，在河边遇到一个浣洗衣服的女子，老人便向她"借宿"，女孩不知何意，说"要问父母"，老人又说"你答应一声即可"，这女子就稀里糊涂答应了。老人随即死于河边，魂魄投胎于这女子。几个月后，无故有孕的女子令其父母难堪，以为她败坏门风，将这无辜的母亲赶出了家门。女子生育后，携子流浪，乞讨为生，后来四祖遇到的这个孩子即是女子生的儿子。四祖观察到前因后果，求孩子的母亲允以出家，施剃度后，赐小孩子法名为弘忍，待其长成并付衣钵，这就是五祖的来历。

五祖本是在西山受法，为了奉养母亲，他到东山建寺；母亲为生养他备受非议，他为尽孝报恩为母建寺，成就了史上一段佳话。

我认真地拜了拜——念及母亲给我们血肉之身，让我们开展一番活泼泼的生命，在这生命的道途之中，我们遇到了可以启发心智，可以打开心量和眼界的哲理和教育方法，这样的实践，我也愿意分享给我们的母亲。把那些安心之方，用来回报她们养育的恩德。

从主殿群落往后院走，是弘忍大师的真身殿。真身殿外面的结构是新建的，而内里却是古庙。一墙之隔，五祖弘忍的真身塔在墙内安立。我安静地礼拜，守庙的老和尚看得欢喜，对我说愿意开塔门让我进去拜。那一刻，我心里涌出熟悉的感觉：仿佛是在江南拜谒观音道场，一路上有人指引。①

没有通行证，没有介绍信，没有熟人朋友引荐，只有这一颗挚诚的心。带着它上路，相应的人都能看得见。

---

① 在写这篇文章的前一年，我曾和同伴去江南五地礼观音道场，根据那段经历写成的长文《洛迦转经路》收在散文集《莲花次第开放》里。

● 祖庭

——从哪里来啊?
——北京。
——那么远啊,是来拜佛的?
——是啊,专程来致敬。

这是一路上我经验最多的问答。
这份诚恳,让我和同修得到更多的指点。

• 弘忍大师真身殿

真身殿外,是一个回廊。在此回廊的墙壁上,神秀和惠能曾分别写下了脍炙人口的禅偈。

——身是菩提树,心如明镜台。时时常拂拭,莫使惹尘埃。①
——菩提本无树,明镜亦非台。本来无一物,何处惹尘埃。②

神秀的渐修、勤勉、精进,惠能的顿悟、直截、智慧,开了顿渐两个法门,让人有入手处,有落力点,有参照物。

旧时庭院早已毁坏,法师偈语也遍寻不见。如今在原址上重建的,是人们的想象和纪念。五祖寺自建庙以来,几经劫火,最兴盛时有殿堂六百余间,最衰落时只有十二个空屋矗立。

站在这片兴废流转的土地上,我仿佛听见那岭南的樵夫落地有声的回答。

他因听闻《金刚经》里"应无所住而生其心"开悟,千里迢迢来到黄梅五祖座下证法。弘忍当头喝问"从何处来,来为何事",那樵夫惠能答道:"从岭南来,来此作佛!"

五祖遂笑,"岭南人无佛性",不料惠能却说"人有南北,佛性岂有南北"?!

一句话,彰显大器。

再看《六祖坛经》,更有言说:

东方人造恶,念佛求生西方,西方人造恶,念佛求生何国?!

真如法性里一法不立,所有虚妄误执,统统粉碎。

---

① 五祖弟子神秀写的开悟诗偈,强调渐修法门。
② 五祖弟子惠能写的开悟诗偈,揭示顿悟法门。后五祖传衣钵给惠能,惠能成了神宗六祖。

五祖见他如此利根，恐人加害妒嫉，便发他去了米房舂米……"慧能①舂米处"，一块崭新的木牌标识，竖立在砖木工地中。这些新迹，是为了纪念那个后来剑出于鞘，光耀禅宗史的另类祖师。而古物不存，只能在心里默默温故。

空无一人的大殿里，炎热的夏在屋外，清凉安隐的佛像在殿内端坐，我礼佛三拜，退守一边，突然闻得一阵幽香暗暗飘送。寻香而觅，看见经架下的栀子花，三朵，盛开，温润洁白。那经文是《金刚经》，禅宗另一部至为重要的经典，字字句句扫荡妄想。

我着实地被触动了一下子。

是什么人，这么静，这么有心，将这花儿供在经前呢？

栀子花被人们称作花中之禅客，多在夜晚开放，有月亮的晚上，月白色的栀

● 经架下的栀子花

---

① 惠能，也作"慧能"。唐代典籍多作"惠能"，宋代典籍多作"慧能"。此处从木牌实物。

子花与之相辉映。忧国忧民的诗人杜甫难得写有《栀子》一诗，咏叹它："栀子比众木，人间诚未多。于身色有用，与道气相和。"

的确，栀子花于身色的用处很多，它可入药，清肺热，凉血；亦可入餐，江南的百姓用它来炒鸡蛋，炒竹笋。与道气相和，或是取其清香纯洁不可方物的品性吧。

这花儿，冬季就结了苞，到初夏才慢慢开放，因其结苞孕育的时间长，芬芳也因此持久而幽远。它的叶子，更是于四季当中傲然挺立，翠绿不凋。这韧性耐性长久性，该也是暗合道法的一个特质了吧。

早就听说五祖寺有许多栀子花，据比尔·波特①说，他在这庙里还住过一个晚上，差点被浓郁的花香熏个跟头。我此番来，倒没见着茂盛的栀子花，只见这跌落在尘埃里，被有心人收拾于清水碗

● 心花同是一般开

---

①　比尔·波特，美国汉学家，因钟情于中国文化，写下寻访终南山隐士的《空谷幽兰》、禅宗六大祖庭巡礼的《禅的行囊》及向中国古代诗人致敬的《寻人不遇》等散文集。文中提到的这一段，收在《禅的行囊》中。

●黄梅风幡

中,供在《金刚经》前的花朵。

同样的花期,同样的花,我们遇到的情境、时机、方式如此不同。

我想象比尔醺醺然的夜晚,和我欢喜轻安如涟漪绽放的此刻,都是美的,恰如其分的。如同清净自性当中,一法不立,而佛法事相里面,一法不舍;又如渐修与顿悟,并无好坏高下之分,只是道路不同;打掉最后执着的,是空门,手把锄头念佛的,是事门,二者之间不矛盾,只是门庭设施有异,接引不同根器众生的手段花样有别。

天木中峰禅师的偈子有言:弥陀西往祖西来,念佛参禅共体裁。积劫疑团如打破，心花同是一般开。

"心花同是一般开"，嗯，真好。这是黄梅五祖寺的栀子花，告诉迢迢赶路、汗流浃背的我，多么重要的一句话呀……

花界之旅·旅行贴士

1.禅宗五祖寺在湖北省黄梅县东12公里的五祖镇东山之上，同期可以去拜访的还有禅宗四祖寺，四祖寺位于黄梅县城西北15公里的西山。两所寺院同属黄梅，湖北黄梅与江西九江隔江相望，可与九江庐山之旅相连，二者车程在一个半小时左右。

2.栀子花花期较长，一般会在5—6月开放，一直到8月还会有。

匡庐白莲

慕名庐山已久,直到身在山中,恍恍惚惚逡巡几日,大有相见恨晚之叹。

少年时代熟读的诗文,直指庐山的东林西林,两座寺庙,相隔不远,皆在庐山西麓静立。

● 庐山西麓

● 一池白莲

去东林寺，是在初夏的一个午后。

灰砖红瓦大山门，门外山花烂漫，门内寂静安详。建筑上并无甚出奇之处，与多数寺院的结构大同小异。或许是午后，又非旅游旺季，僧宝们晌午歇息，游客杳杳。

我乐得清静，殿内礼佛。

回身在院中歇脚，天王殿前，一池白莲正开得摇曳生姿。

莲花与佛教，渊源甚深。"出污泥而不染，濯清涟而不妖"——周敦颐的《爱莲说》道尽莲花的品格。佛教以莲花来表法，法如暗夜明珠，虽植根于五浊恶世，却照彻人心。

而东林寺的这一池白莲花，更有一番来历。

东林寺始建于东晋太元十一年（386年），由净土宗（莲宗）初祖慧远大师创立，至今已有1600多年的历史。慧远师从道安法师，21岁初闻道安法师开演《般若经》，感慨说："儒道九流学说，皆如糠秕。"由此出家，追随道安。因其发心广大，精进为道，深得道安大师的器重。慧远24岁就开始升座讲法，令许多人摄受皈投。

公元379年，前秦苻坚为得道安而大兴战事，道安北上长安，徒众自此星散。慧远也因此决定南下广东，继续弘法，路过庐山，见山水清净，正好息心办道。慧远的心愿得到僧俗二众的护持，很快便落实为山脚下的道场——东林寺。他的德望也令东林寺成为与鸠摩罗什在长安逍遥园的译场齐名的两大佛教中心之一。

公元402年，慧远大师与志同道合的僧俗123人共同在阿弥陀佛像前起誓结社，决心专修净土法门，共期往生西方，这是佛教史上最早的结社。

当时的名仕谢灵运因崇敬大师，为法师在寺内开东西两池，池内遍种白莲，后人也便把慧远结社称为白莲社，而大师所推行的净土宗也被称为莲宗。宋时，慧远被尊为净土初祖。

慧远的白莲社，是向往内心高贵和自由的文人们千百年来歌咏的精神象征。

白居易写有《东林寺白莲》：东林北塘水，湛湛见底青。中生白芙蓉，菡萏三百茎……我渐尘垢眼，见此琼瑶英。乃知红莲花，虚得清净名……

宋代诗僧齐己在其诗集《白莲集》中写下：大士生兜率，空池满白莲。秋风明月下，斋日影堂前。色后群芳坼，香殊百合燃，谁知不染性，一片好心田。（《题东林白莲》）

齐己又有《题东林十八贤真堂》一诗：白藕花前旧影堂，刘雷风骨画龙章。共轻天子诸侯贵，同爱吾师一法长。陶令醉多招不得，谢公心乱入无方，何人到此思高躅，岚点苔痕满粉墙。

齐己以白莲花起兴，钦羡慧远轻天子傲诸侯的风骨，追忆当年慧远曾邀陶渊明入社而婉拒谢灵运比肩的婆心，诗的末尾还有自注小字云："谢灵运欲入社，远大师以其心乱不纳"，齐己心中的白莲净土由此可窥一斑。

唐代诗人钱珝也曾吟咏道：咫尺愁风雨，匡庐不可登。只疑云雾窟，犹有六朝僧。

追慕慧远的风迹，是历代文人登庐访幽的一个重要原因。

慧远大师的初心是要将念佛三昧的法门惠及众生，他驻锡东林之后，三十多年来迹不入俗，影不出山。他与儒家大隐陶渊明、道士陆修静交往，有着送客不过虎溪①的佳话，他有内心原

---

① 虎溪，是庐山东林寺前的一条溪流。相传东晋时候的慧远大师居东林寺时，送客不过虎溪。曾有陶渊明、道士陆修静来访，三人相谈甚欢，送别时不觉过了虎溪，结果有虎啸声传来，三人大笑而别。因此留下虎溪三笑以及送客不过虎溪的佳话。

则,却又并不固步自封,儒释道均可探源究流,坐而论道。慧远看重僧格的尊严,写有《沙门不敬王者论》五篇,阐述僧人不必礼敬帝王的道理,敢于抗礼当时儒家奉行的见君王必拜的规则,他赞叹修行的功德,认为沙门①应高尚其事,不以世法为准则,这样才能辅佐儒家礼教,互为补充,化导世人。慧远当仁不让的智慧和勇气令当朝下诏确立条制,从此沙门不必拜君王成为中国的规约,世人因此皆生敬僧之心,僧团也因此更为自律和自尊。

大师倡导的这样一种不侍奉权贵,不轻视白衣②,安心办道的高洁心性和平等怀抱,使得白莲的隐喻更为贴切深远。

● 平等怀抱高洁心性的隐喻

---

① 沙门,是"沙门释子"的简称,佛教术语,指出家修行的佛弟子,沙门的意思为勤修息烦恼之义。
② 白衣,古时在印度和西域,人们喜穿白衣,故而佛教中称僧侣之外的人为"白衣"。与此相对,出家人常被称为"缁衣",缁即黑色。

我知道东林寺，还因为它奉行念佛三昧。

　　念佛三昧出自慧远大师的心法，它是通过念佛之一行（佛有万行[①]），证入三昧（正定[②]）的修行实践。慧远在《念佛三昧诗集》序文里规定："三昧是，把念头集中到一处而变得寂静的行为。" 白莲社是弥陀信仰运动，它根据《般舟三昧经》之教说，以严格的持戒和冥想来持念阿弥陀佛名号，或在现实中或在梦里见到阿弥陀佛，最终达到可以离开因果轮回的世界而居住到能够清净修行的西方净土。般舟是梵语，翻译过来是"佛立"。《般舟三昧经》中说，7天乃至90天之内，专念阿弥陀佛，常行不间断，且无休息。为了得到这个念佛三昧，慧远大师曾在般若台每天念佛六个小时而向西方礼拜，至诚恳切的修行是后人表率。

　　如今的东林寺，有面向在家居士的行般舟体验，多为一天一夜。一天之内，不能坐卧，在规定的范围内经行，经行时眼观鼻，鼻观心，专注一念：南无阿弥陀佛。

　　可以喝水，日中一食[③]，不说佛号之外的闲话，交流可用纸笔。需要发大誓愿，万缘放下，以求度生死的决心来持念。

　　般舟三昧考验学人的发心和行持，那些口头禅在切实艰苦的

[①] 万行，佛教术语，意即"修行的方法多"，一般与"六度"连用，六度也称"六波罗蜜"，指的是六种从烦恼此岸到达彼岸的方法，包括：布施、持戒、忍辱、精进、禅定和般若（智慧）。

[②] 正定，佛教"八正道"之一，意即"一心专注，不向外驰散，到达入无漏定，便可解脱自在"。

[③] 日中一食，是佛陀为出家僧侣制定的饮食方面的戒律，指的是太阳从正中午后，一直到次日黎明，这段时间不允许吃东西。

持行面前瞬间就会土崩瓦解。有同修曾亲身体验行般舟一天一夜的历程,写下心得说,时间漫漫,无休无止,不能休息的痛苦被无限放大了,在昏沉、掉举的泥淖里艰苦跋涉,还要时时回到初初一念,那是需要极大的力量和心志的。在行般舟时,有人护法,提醒行者不懈怠,不陷入臆想和狂乱,帮着送水,陪护如厕,照顾行者的色身。

我看到那些文字的时候,想起东林寺现任方丈大安法师的开示:"现在我们修行为什么很难成就?烦恼重,一念佛就昏沉,一昏沉就控制不了,想一想:拉倒吧,正好昏沉还能够睡一觉——睡得很美,他是这样的。你看我们这个昼夜念佛里面,到晚上基本上就会缩水很多人。他们都到哪儿去了?都跑去睡觉了。你想得法上的利益,这种自欺欺人的行为那是不可能的。万缘放下,这么精苦修行为什么?就是要度脱轮回生死之大苦,不是求人天福报的。你要做一个大的修行,开始都要发大的誓愿的。这样在关键时刻你才能顶得住,你才能冲得上去,你才能度过种种的障难。如果你这种刚勇的精神一下出不来,那这个烦恼、习气完全把我们控制住了,你根本就没办法冲破它。"

记得曾经听过大安法师的一次讲座,那是隆冬,正值法师发烧,扩音器里师父的声音沙哑疲累,但师父却说,因为有冒着严寒来听法的信众,即便死在座上也在所不辞。当时,很为法师担当的气概所感佩。而在修般舟三昧的引领方面,法师的一番话更是彰显修行路上的提要。要真干,不能欺人,要老老实实,下得了狠心。唯有冲破身体这个藩篱,克期取证才不是一句空话。

东林寺是朴素的。它因为慧远大师的笃定实修而兴建,也因后来者的奋勇接力而传承。它不是以建筑的华美,风景的秀丽,抑或日新月异的硬件建设来获得人们的注目的。它是一个扪心拷问的法堂,是不容投机取巧、掩耳盗铃的晒佛场。

它正是那不蔓不枝、亭亭净植的白莲,它的芬芳是要经验淤泥的障碍、风雨的荡涤才能领受的。

离开东林寺的时候,5月的庐山飘起了小雨。

我没有回身再望,带着千年道场传递给自己的一些些激励,那一朵朵莲花,慢慢地绽放在这心里。像慈悲的眼,也像监督的眼,陪伴着我的归程。

花界之旅·旅行贴士

1.庐山东林寺,在江西九江庐山脚下。不远处是西林寺。同期还可以去探访宋代四大书院之一的白鹿洞书院,从白鹿洞上庐山,可以徒步到三叠泉;庐山桃花源,有陶渊明故居和墓园。如果上到庐山,可以住一晚。山上极好。

2.力荐庐山云雾茶。专文介绍请参考作者另一本散文集《一心一意来奉茶》。

  3.如果时间充裕，九江往北，即是湖北黄梅，可前往禅宗四祖寺和五祖寺；九江南下，至永修县，有云居山真如禅寺——虚云老和尚圆寂之地。

  4.白莲，5月底初绽，6—9月是花期。

紫丁香开满窗

在兰州完成工作以后,剧组给我订了一个五星级酒店的房间。他们负责一天的费用,让我好有时间买返程票。

我犹豫了。

这是父亲的城市。他的大学,他的第一个工作单位,他和妈妈的一些旧事,也许,还有他的一些秘密,都在这里。

我想去看看那些属于他们的记忆。

做了那么多年的听众,那些尘封的热忱和告别,对我有着不可思议的诱惑。

我也看了地图,甘南的拉卜楞寺和西宁的塔尔寺,就在这附近,一个需要5小时的车程,但路在修;一个坐不到2小时的大巴,就可以抵达。

我不知道。那些震撼过很多人的物景,我是不是也要人云亦云地去接受洗礼?

每个人的荒凉,被救赎,会不会都一样?

我选择了塔尔寺。

• 塔尔寺

它可以缩短我给自己放的假期,让我在游逛中适可而止。

1.

兰大。新教学楼。新人。

我走在完全陌生，又如此雷同的建筑群中。直到我看到化学系的教学楼。

问了人，知道这是60年代的楼，没有翻修，也没有重建。

三层，灰砖。长长的昏暗的走廊。教室里三三两两的学生。

我蓦地转身，仿佛看见20岁的父亲推门走出，他笑笑地，拿着书，衬衣领上打着补丁。

他所属的那个专业，还有一栋实验楼。一楼的天花板上，是红五角星。

我拍了照片。

传达室的人过来询问，我告诉他，我给父亲拍的，30多年前，他一抬头，就能看见这个五角星。

我在兰大门口留影，为的是给父亲辨认。

那并不是我的母校，我却要给父亲找寻记忆的证明。

中科院近物所的院子很小。杂草丛生。

里面有一个二层小楼，红砖，铁栏杆，像是20世纪的房子，我也拍了下来。

还有一个篮球场，业已荒废，球筐生了锈，球网也结了蜘蛛网。

没人在这里打球了。

我也不确知，这个球场，是不是妈妈口中那个——"他们都爱打篮球，每夜每夜地打，我去了，他就拉着我的手，逢人便介绍，这就是我的爱人。"

父母的故事，在母亲一厢情愿高大全的描绘下，总是显得惊心动魄。在父亲常年出差的日子里，母亲一遍遍地回忆着父亲对她的好，那份唯一的专一的坚定的好，也深深地打动着我。

父亲是怎样的一个人？

我要走一走他走过的路，以接近他。

———— 2. ————

兰州到西宁。下了雨。大巴士的玻璃窗被初夏的雨洗刷得透明。窗外竟是盈盈绿意。有一刻，我都恍惚了。

这也是西北吗？

如果不是车票上的文字提醒，我会以为，这是在江南的春天里游历。

西宁不大。像80年代的北方内陆城市。只有一条街有高楼大厦。其他地方，多见的是四层的居民楼。

我入住的城区是回民聚居地，楼下不远就是一个闻名遐迩的清真寺。我站在门口向内张望，院子里肃穆清净，间或有几个男人走出。

这里不允许女性进入。

躺在床上，我闭上疲累的眼睛。

三个月以来的劳作、斗争都翻篇了。

在电话这头笨拙哭泣,为自己争取尊重和权益的辩解也都结束了。

而我总是后悔。后悔自己不那么从容,不那么优雅,不能平心静气,迎刃而解。

抽身出来的时候,道理都冠冕堂皇,投身付出的那一刻,说不认真,不在乎,很难。我是这个圈子里的笨蛋。不用别人告诉我。我脑门上贴着的。连我自己都能看见。要想把出世间的法,用在这世间,要有多么深的功力啊。

而我还总是恻隐。恻隐对方的难处,他们在工作中的不得已,来自他们理不断剪还乱的情感孽缘,恻隐他们的年长、他们的无奈。

或许,我的恻隐是为了掩盖我束手无策时的困窘吧?恻隐是给年轻不肯承认捉襟见肘时贴金用的。

老江湖也年长,年长是他们的敲门砖,老江湖是他们的通行证。

在塔尔寺,我看见了盲窗。

只有在藏区的寺庙建筑里,我们能看到这样的窗户——红色的窗棂,绿色的窗板。窗户不是为了打开而设,而是封死的。两个窗户之间的枣红色的墙面是植物,可以透气。

不用再往外看了,一切都回光返照。

在我独自琢磨,独自徘徊的霎时,很多小喇嘛欢快地从殿里跑出。他们的眼神透亮纯净,脸色通红,笑起来很羞涩。就是这

春之百花

• 盲窗

• 内视

些孩子,在学习内视的本领。

看清楚自己,才能看清楚他人。

我要学的,是不是对自己的了解和把握呢?如果能学得好一些,是不是就能不那么苦恼?不再苦恼自己的局限,苦恼不能调御游戏幻境中的棋卒?

--- 3. ---

塔尔寺,是黄教格鲁派的圣地之一。这里也是素有"第二佛陀"之称的宗喀巴大师降生的地方。西宁市郊湟中县,藏语称湟中为"宗喀",于是它的孩子,罗桑扎巴,受戒后被称作宗喀巴。

在这所寺庙里,有一座白塔。

宗喀巴三岁的时候被自己的上师发现,师父向他的父母请要,说这个孩子是道梁,大器堪用。身为佛教徒的父母便舍子予道。

他一直西行,直到成为宗喀巴,写出了《菩提道次第广论》,成为后人膜拜的大师。据说,大师诞生之处,长出了一棵白旃檀树。他走了太久太远了,他的母亲思念他,托人捎了自己的一缕白发给他,希望一见。宗喀巴大师因为辛劳传法,无法返回。他告诉来人,转告母亲,以那棵白旃檀树为芯建塔。以后见塔如同见他本人。

塔由此而来。

● 白旃檀树为芯建塔的寺院

也因为有了这句约定，宗喀巴大师圆寂后，信众们不远迢迢而来。

见塔如见他本人。

这是他给他妈妈、信任他的人们的一句安心话。

血脉织就的因缘，让位于薪火相传的道法。那些思念也是代价。

总有人给我们示范辞亲割爱的大勇，和在亲情联结之外，安身立命的支点。

父亲后来看到过我给他拍的照片。他告诉我，那个工作单位

● 见塔如见他本人

的院子，是后建的，并非他当年战斗的地方。他上班的地儿，现在是家属院。

父亲行舟，我画记号，湍流之中，遗失的宝剑遍寻不见。

他走过的路，我走对了一半，还有一半，是我的臆想，错了。

---- 4. ----

塔尔寺真美。那是5月份。每一尊佛前，每一座塔下，我都再三礼拜。

壮丽的大金瓦殿，内里不让拍摄。而殿外人群不停歇的顶礼，让人震动。他们沉默着，空气里安静得能听见他们额头上沁出的汗滴落在地板上的声音。地板由于人们的礼拜，早被磨掉了表面的光泽，露出木头的原色，据说这里的地板每两三年就要全

春 之 百 花

• 寂静

部换一次。

　　他们忆念佛，忆念大师，是否就像后来我思念父亲的心呢。

　　难忘的，还有在寺院里怒放的紫丁香。
　　那馥郁的、温厚的、探询的、哀婉的香包裹着我，环绕着我。
　　离开西宁那么久，那香还在。
　　只要我闭目，静心，深呼吸，香雪海就再次浮现。

● 我还记得父亲闻花的样子

  这是西宁的市花。也是西北许多寺庙里替代菩提树的花。

  在太原,父亲工作的院子里,也有。往年夏夜,有时候陪父亲去散步。我们都会在紫丁香的树下驻足,我至今还记得父亲闻花香的样子。那个时候他还不老,还没有退休,有很多的事情,也有很多的朋友。

  我也以为,这种日子是常态,父母总是在身边,而我在缓慢长大。

  那个时候,我不留意花。看一看,闻一闻,就匆匆走过了。年轻时候的热情,需要更多激动人心的事物来挥斥。静美有致的小花儿们尽管年年忠实地开着,可年纪轻要忙着接招生活的人,又哪有时间去细加端详呢。

直到后来,来到了再也不能相见的今天。

再想起那伸向晴空、芳菲天涯的丛丛丁香,微风飘送来那些点滴的记忆,我才知道,西海菩提,紫色的汪洋,对我意味着什么。

我那么早,就在寻访父亲的足迹。又那么早,记住了紫丁香的味道。我知道,感情不能救我出苦海,但它能安慰我。

还记得我因为妄执而生出大恐惧,很长时间失眠,无人能救。

大白天跑回父母家,睡在他们的大床上,父亲笑我,他说我胆子太小,不自信,他拉

• 紫丁香如菩提

着我的手,说你是好孩子,很孝顺,你会很好很好。你不要怕。

我并非因此就好起来。但父亲当时对我说的,至今都是安慰。

好起来的那句话,是师父给的,他说,学佛不是为了求保佑,若以此为依投,是迷信。学佛,是要学会面对无常,懂得因果,止息妄心。

每个人都有自己的因果律,也都有无常要来临。

在这世间,有不变不死的吗?

● 不以求护佑为皈投

春 之 百 花

没有啊。

概莫能外。

佛陀80岁圆寂,宗喀巴大师世寿63岁。

到多少岁告别,才算够呢?怎样告别,才不难过呢?

当时是很好。现在也是。未来更是。好与不好时时刻刻都相生相随,只有现在才全然属于我。过去和未来,都不存在。

就是现在,打消掉对过去和未来的妄执,才是父亲希望我做的吧。

《无量寿经》里说,道路不同,会见无期。

若我奋勇,不那么笨蛋,和亲眷们都能走在解脱的道途上,大家总还是会重逢的吧?那个时候,会不会有一位对面已不相识的人对我说,傻丫头啊,这回对了,没走错!

花界之旅·旅行贴士

1. 塔尔寺在青海省西宁市郊区,车程30分钟左右。同期可以考虑的是青海湖,5月份是青海湖鸟岛看鸟的最佳季节。7月份,青海湖北岸会有千亩油菜花怒放。

2. 5月,是塔尔寺紫丁香的花期。

香雪海中探法源

4月中旬，法源寺的法师知会我：玉兰已谢，丁香盛开，海棠结了苞，若再不来，盛景不再。

我知道，一年一度，春天再次造访北京城，城南的那一场盛大的花事正如火如荼。

其实，真正注意到法源寺的丁香，是在去年[①]。距离我第一次踏入法源寺的山门，竟然过去了19年！这19年来，我由一个北上求学的稚子，到站稳脚跟，成家养家的中年，曾多次来到法源寺，这所千年古庙里的两代僧宝我都有幸亲近随学。

步履匆匆中，留下印象的是那些开启智慧的经历，而那幽香阵阵的丁香花丛，竟为我一再忽略。

法源寺始建于唐朝，据说是唐太宗李世民为了祭奠随他远征辽东阵亡他乡的将士，而建造起了这座寺庙。庙宇一修数十年，直到武则天时代才建成，武则天赐庙名为"悯忠寺"。悯忠寺就

[①] 去年，指的是2010年。

● 春日晴好

是法源寺的前身,也是它的第一个名字,明代四次重修,改名为"崇福寺"。至清朝雍正十一年,更名为"法源寺"。

　　法源寺距今已有1400多年的历史,是北京城区里最古老的寺庙之一。由盛唐及北宋,这里迎来了北宋的最后两位皇帝:宋徽宗和宋钦宗。他们二人被金国俘虏后,曾被关押在这里。许是和"悯忠寺"的名字有关,悲情的故事继续在这里发生——南宋遗

● 如烟霞云雾

臣谢枋得抗元失败，被押解进京，后卧病悯忠寺，见墙壁上嵌有曹娥碑①的事迹，泪如雨下，言说："小女子犹尔，吾岂不若汝哉！"之后绝食尽忠而亡；到明末，忠臣袁崇焕被崇祯皇帝冤杀，头颅曾藏匿于法源寺内；再到清末，谭嗣同为变法死，灵柩也曾停放在法源寺中。桩桩件件，遗恨难书。与古庙相关的传奇竟一一应在"悯忠"二字上。

法源寺的渊源，与悲情传奇相关，但令其久负盛名的，还有丁香。

寺庙的院中遍植丁香，紫色、粉色、白色的丁香树丛丛潋滟。春日晴好之时，如烟霞，如云雾，缤纷璀璨，暗香涌动。早在明代，这里就有丁香诗会，文人墨客在花前树下吟诵挥毫，成为一件流传至今、每逢春浓时的盛会雅事。

1924年，在徐志摩的陪同下，印度伟大的诗人泰戈尔寻香而来。据说那是个不眠之夜，诗界泰斗流连忘返，而徐志摩更是作诗到天明。这段佳话触动了梁启超的灵感，得诗如下：临流可奈清癯，第四桥边，呼棹过环碧；此意平生飞动，海棠影下，吹笛到天亮。

近代史的中国历尽沧桑，丁香诗会也因此中断了87年，直到

---

① 孝女曹娥是曹盱的女儿，汉安二年（143年）的端午节，正是民俗祭祀潮神的日子，迎神的船队由曹盱指挥，船逆着江流行驶。这一日风急浪高，主祭船被浪打翻，曹盱落水身亡，人们许久都没有打捞到他的尸体。曹娥当时年方14，她在江边大声哭喊着寻找父亲，一直寻至第17天仍不见父尸，便投入江中。5天后，曹娥抱父尸浮出水面。《曹娥碑》碑文的撰写，是在曹娥去世8年以后的事。东汉恒帝元嘉元年（151年），上虞县长度尚对曹娥"悲怜其义，为之改葬，命其弟子邯郸子礼（即邯郸淳）为之作碑"。

2002年，诗会重新得以恢复。如今，每年的4月10日，当代文坛的作家书法家齐聚寺中，令百年传统再见天日。

而于我自己，第一次穿过法源寺的丁香花林，应该是在1992年。那个时候，我拿着地图，按图索骥，一座一座寺院地寻访。正是春天，花儿开得绰约，竹影婆娑中，我听到天王殿里的一段对话。

问者：师父，请问佛教是不是迷信？
看殿老僧淡然说道：是。
我和问者都很诧异。
老僧接着说：迷在你那里，所以是迷信。
问者意犹未尽：这么说，您觉着不是迷信？
老僧淡然答道：不迷的人，自然不是迷信。
问者若有所思。

不了解，却妄下断论，人云亦云地贴上似是而非的标签，难道不是迷吗？如果能够用自己的思考和实践来学习，以一个开放、谦逊并且实在的精神来对待盲区，才是不迷啊。
老僧并不急于否定断论，他点到即止，平常而睿智。
他是我的第一位师父。

同一年的春天，大殿里，来了上海龙华寺的方丈给报名的信

春 之 百 花

• 花在表法人不知

众授三皈依，我列队其中，年轻、懵懂，却怀着一颗愿意了解的心。师父是闽东人，口音很重，大部分听不懂，但说到五戒时，我听明白了。和大众一起得到见证，我平生拿到第一个皈依证。红色的本本，盖着法源寺的章。

第二年春天，我考上了心仪的大学。想在寺院里拍摄短片，老僧介绍另一位老和尚，也是当时法源寺的教务主任给我认识。在老和尚的办公室里，我看见他养的花，洋洋洒洒写的字。溽暑时分，我也曾在静寂的午后带妈妈去拜访过他。整座寺院似乎都空了，他一个人独守，写字，喝茶，问老和尚，怎么如此惬意自

● 谢幕重逢又一春

在，他笑说，人人都给大领导贺寿去了，只有我偷闲半日，能不自在吗？

那个时候的我，心里有太多的困惑和不解。我的眼睛里燃烧的，一定是满满的疑问和求索，景致也在说法，身边的丁香正在开放，只是我的心一直在外奔跑，那安静的宣示寓意于我视而不见。

2004年年初，我把父母从老家接来，安顿在为他们装修好的新房里，老父唏嘘感叹，由此生发出向佛之心，愿为他早逝的母亲寻个安心之方。那一年，正在法源寺就读研究生的年轻法师说法缜密，开示方便，令父母生起极大信心，我们全家读诵了一个月的《地藏经》，之后父母正式皈依，成了佛弟子。也是在春天，我们在师父的引领下，仔仔细细地参访拜谒法源寺，那些有典故的佛像，有渊源的牌匾，师父一一讲解。会流眼泪的观音，乾隆皇帝的御笔，最后一个院落里的椤椤树和西府海棠，还有满园的丁香，似乎，只有如此悉心的引领，我才终于打开了眼界，扫荡了盲区，看见一直以来就存在，却被我一再无视的春天。

在那个春天，父亲的生命历程进入了一个全新的领域。他那么认真,那么虔敬,那么钻研,他读经时的一丝不苟和在丁香花下蓦然驻足,闭目微醺的形象,刻在了我彼时的心岸。

漫天香雪海,无上菩提路。走了12年,丁香的美,终入眼帘。

2011年初春,老父长辞。两个月后,我带着妈妈穿越大半个北京城,去看丁香。还是那座古老的宝刹,山门前原本局促的胡同已被扩建为一个花园似的广场。广场上种满了玉兰和丁香,老人们在晒太阳闲谈,孩子们在笑闹。进了寺院,花海扑面,似乎在安慰着我们的忧闷孤单。

就是在这里,三位老和尚,两位年轻法师,或平常茶话,或有默如雷,那一些些生动的智慧由他们身体力行,印进了我们的心海。老和尚们已相继隐没在了人生的长河里,步入中年的法师们还在传道授业解惑,仿佛这寺院里的花香,虽有谢幕时分,却也有重逢之日。

花界之旅 · 旅行贴士

1.北京法源寺,中国佛学院所在地,值得专门前往,静静停留。

2.5月初,白丁香花季。

卧佛寺花事

今天下了一场雨。

帝都多日来的雾霾在春雨里杳然无踪。空气里弥漫着泥土和青草的味道,走在小区的楼群高阁间,潮湿的水汽萦绕于眉目之畔。

我仿佛看见蛰伏了太久的冬虫们,正舒展着腰肢,悠悠醒转。

珈,春天真的要来了!

珈,是9月出生的婴孩。

她的到来,是多年固执不要孩子的我,在经历了与父亲的诀别之后,做出的一个重要决定。

我们互相陪伴着已经走过了一年的四季,那四季里的花儿——迎春、樱花、蔷薇、珍珠梅、兰花……交光互影地开放成我们生命中的世外桃源。

因为珈,一年不曾远行,寺庙更是不再涉足。但那些印心的经文,又怎可暂忘?

细雨微阳,轻声诵读,一卷《观世音菩萨普门品》,便是我们的约定。那里面说:"若有女人,礼拜供养观世音菩萨,设欲

● 花树下的珈

求男,便生智慧福德之男,设欲求女,便生端正有相之女,宿植德本,众人爱敬。"

我对男女没有分别之心,只要他(她)健康、纯洁、有美德,便是福音。

珈是个女孩儿。果然端正有相。

是菩萨送你来的吧?

希望你学做菩萨,有慈悲的心地,有圆融的智慧,能为世人奉献自己的力量。

春天就要来了,珈。

我最想带你去的,是西郊的植物园。

那里珍藏着我的私人记忆。

我要向你介绍黄叶村旁的曹雪芹故居,梁启超、孙传芳的墓园,还有卧佛寺的花朵,樱桃沟的清泉,以及园子里数不尽的芳草林树。

我要给你讲那些故事:在芍药园,我曾在花中酣眠,一度自诩为史湘云故地重游,直至被自动浇花的喷头浇醒了黄粱梦;在溪流边,我和友人曾遇见波谲云诡的天气,瓢泼雨烟中似自魏晋穿越至今;还有呵气为冰季节,踏雪寻梅于红墙碧瓦间的乘兴往返;在这里,父母和我留下了最温馨的一家三口的背影,还有父亲对着镜头恭敬合十,以及万花怒放时节,父亲坐在长椅上,远远地温和地冲我们微笑的样子……

我是那么地爱着这所内心的后花园,以至于一度一周曾三次换乘了公交奔赴，让城里为交通而忧虑的朋友惊诧于我的不辞劳苦。

看着那些定格于过往的影像，有时候我会莫名感恩：凡美好之处，我尽皆置身。凡美好之时，我亦在在把握。

尽管这不能掉头的人生有伤痛，有遗憾，但美好的确降临过，我将永远记得。

珈，妈妈到了中年，才邀请你来加入这场盛筵。原谅我，下决心下得如此之晚。

先说说卧佛寺吧。

初见卧佛，要追溯到1992年。去那寺庙要先走过长长的青石板路，开阔幽深的路两旁是参天的古木。那是我最喜欢的石板路，夏天总要提着凉鞋赤足走过，晒了半晌的石板温热斑驳，像在大地母亲的怀里旖旎前行。青石板路是一个缓坡，再浮躁的心，经由这段徐徐而上的路途导引，都会慢慢地收摄起来。路的尽头，率先映入眼帘的是一座琉璃瓦红砖墙的山门。

山门气势威严，尽显皇家风范。这座被清雍正皇帝称为"西山兰若之冠"的古庙，始建于唐朝贞观年间。因寺内供有檀香木卧佛而得名。元代又建铜制卧佛。寺院里曾一度两尊卧佛共存。明末清初，木佛失踪，铜佛为至今所见。

据说，卧佛寺有五大景观，进入山门，即见第一景：白石桥架在半月形的放生池上。中国古寺的放生池多为方形，池上有桥也不多见。若是盛夏站在桥上，池中碧泉绽开朵朵白莲，溽暑虽迫人，花之清芬却令狂心暂歇；再往里行进，便是天王殿，天王殿前，有年年慕名而来的人们最喜爱的古蜡梅。这一株蜡梅植于唐代，距今已有千年。曾一度枯萎，而后枯木逢春，再次绽放，人称"二度梅"。蜡梅平日里见，枯枝如虬髯，嶙峋姿态，不见娇娆；待到开花时，花朵微小，不易察觉，唯独香味深沉幽远，乍一转身，似隐若现，渐行渐远时更是香远萦人，她的小，是为了让人回头，让人重新来看当初你忽略的那一份美好。我有幸两次寻访到古蜡梅的香，天寒地冻，白雪皑皑，梅花傲立，黄色的小花上挂着露珠，沁人心田的幽香安慰了一冬的冷素！

秋天的景致在三世佛殿外，东西两侧各有一棵古银杏，树龄在800年之上，春来绿意盈盈，深秋时满目金黄，如同庄者出行，霞帔在身，那是佛法的华严，令人仰慕。

卧佛寺最后的那一座殿宇，供奉着佛陀涅槃的卧像。在他身边，有12位头戴花冠的菩萨，人称十二圆觉。十二圆觉菩萨分别是文殊师利菩萨、普贤菩萨、普眼菩萨[①]、金刚藏菩萨、弥勒菩萨、清净慧菩萨、威德自在菩萨、辨音菩萨、净诸业障菩萨、普觉菩萨、圆觉菩萨、贤善首菩萨。这12位菩萨在佛陀入灭前相继请法，他们问及的内容实际上是人一生当中运用佛法的智慧解决烦恼、趋向解脱的道路。

前四位菩萨是在告诉我们有了文殊菩萨的智慧，就要学习普贤菩萨的行愿，把悟道的点点滴滴贯彻在一言一行的实践当中去，在实践的过程中，像观音菩萨一样闻声救苦，慈悲为怀，才能达到金

---

① 普眼菩萨，观世音菩萨别名。

春 之 百 花

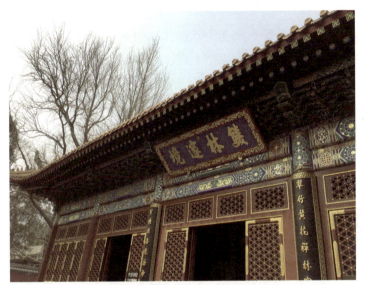

● 西山兰若之冠

● 卧佛寺的梅

刚藏菩萨不为外界所迷，粉碎歪魔邪道的修持。这是直指人心，见性成佛的修行之路；中间四位菩萨，是大乘渐修法门的演示；后四位菩萨是渐修法门的入手处，循序渐进，必致解脱。

这座卧佛殿是佛教教义形象化的一处所在，表法是为了时时提命在痛苦中无法自觉自救的众生。殿中横匾题有"得大自在"四个大字，若得解脱，如得大自在！

殿外有几株娑罗树，据说春末夏初时开白花，花朵如玉塔倒悬，摇曳在枝叶间。那花儿我没有亲见过，去的时候总是错过了她的花期。

这里是我常常驻足的地方，游人稀少，宁静安详。无论何时来静观，均能获得内心的清凉。若在午后，殿前的一方庭院，有阳光朗照，坐在石阶上，闭目冥想，更能收获一份寂默安宁。

卧佛寺的四季都有花。可是，珈，我想与你说的芬芳，却还不在这里。

出得庙门，向南走，会经过许多园子，玉兰、月季、牡丹……丛丛簇簇皆不是，在这园子里的中路，有一处斜径土坡，是的，就在那里，有海棠。

珈，有了你之后，我才知道什么是懵懂。

懵懂，也可理解作目瞪口呆吧？为着不能思议不可名状不好消化之美。

如我初见海棠。

如珈见世界。

● 贴梗海棠

第一次看到海棠，春天已经进入尾声。而我们又是黄昏抵达。相机也警示即将没电。那时，我根本分不清海棠的种类，只记得花有多色，月白剔透，浅粉娇柔，玫红夺目，绛紫妩媚……我们都惊叹她的美，亦惊诧自己的后知后觉。

老爸安慰我说，咱们再来。不成想之后事务繁杂，再来就是第二年。

●西府海棠

●垂丝海棠

第二年再看,海棠初开。终于识得海棠四品:西府海棠,花朵红粉相间,叶片嫩绿欲滴,那份纯洁美好,似少女脸庞。未开之花蕾,如红晕点点,触动心扉,绽放后深深浅浅,明媚如霞。在故宫御花园、在颐和园、在法源寺、在中南海西花厅,均有西府海棠盛开,她们或承载了皇家园林的心愿[1],或见证了一代公仆的鞠躬尽瘁[2],或流传在千古名篇的咏叹之中。

那些美好的诗句说道:只恐夜深花睡去,故烧高烛照红妆。

我理解。我亦如是感叹。怜惜花儿的人啊,不仅怕花睡去,自己也舍不得去睡,怕错过了眨眼间的花开花落。

还有句子说:幽姿淑态弄春晴,梅借风流柳借轻,几经夜雨香犹在,染尽胭脂画不成。

梅与柳之丰仪集于一身,这就是西府海棠;雨后韵致令诗人

---

[1] 皇家园林的心愿,海棠与玉兰、牡丹、桂花并称为皇家园林的"玉堂富贵"。
[2] 周总理居所种植了一棵西府海棠。

春 之 百 花

● 木瓜海棠

● 海棠之约

都词穷,这也是西府海棠!诗人尚且如此,我们这些迟来者,不更是痴痴无言于君前了吗!

再有垂丝海棠柔蔓迎风,垂英凫凫,如微醺醉眼,风姿怜人;还有贴梗海棠顾名思义,花梗极短,花儿紧贴枝干,花色最为繁多,由白及红,逐渐过渡,因其枝干黝黑崎岖,而花朵晶莹光洁,成为盆景中的佳品;木瓜海棠花瓣杂色纷呈,玫红中见粉白,似一点胭脂遇见了露水,缓缓洇开,春观花蕾秋观木瓜,亦是风采怡人。

连续三年,从迟见到如期而至再到流连忘返,我和家人终于将海棠盛景饱览于心。

多么难忘啊!在那无以言状的柔美丰茂前,我挽着父亲的臂弯,娇憨嫣然。

珈,你没有见过我的父亲。

等你长大,恋着父母,就会懂得我的思念——这就好像我做

● 去领略珍贵的人间难以名状的美

了你的妈妈,终于洞察一饮一啄喂养婴孩的拳拳之爱。

父亲在世的时候,没有要求过我必须生儿育女,他是开明的人,一切以尊重为前提。在他那里,没有传统观念,没有繁文缛节。他是孤儿出身,最珍惜的是当下事,眼前人。

珈,他并不知道你会来。

可我却也并不遗憾。

生命就是这样的吧。一季有一季的因缘。你们不见面,却有着甚深的因缘。那里面，骨血的密码是一致的。姥爷是妈妈的根，你自妈妈的枝头绽放。薪火相传，生生不息。

这就如同我们即将要前往的海棠之约，父亲和我，我和珈宝，年年岁岁人虽不同，花却相似，爱却相通。

珈，春天已经来了。

我们去踏青吧。去卧佛寺看花。去领略珍贵的人间难以名状的美。

花界之旅·旅行贴士

1.北京卧佛寺，在北京植物园内。北京植物园仿佛这座城市里的一个世外桃源，这里有曹雪芹故居、芹溪茶舍，梁启超、孙传芳的墓园，有卧佛寺，有樱桃沟。其建成面积200公顷，建议专程前往，细嚼慢咽。

2.每个月都有花开，四季皆美。春天的时候，几乎每10天就有一种花在怒放。蜡梅、玉兰、杏花、海棠、郁金香、牡丹、芍药……是花海所在。

玉兰树下默默坐

山居已有月余。

循蹈着日出而作,日落而息的古训,清淡饮食,简化交往,杜绝应酬带来的价值损耗,心也由此而静了。

静下来的时候,时光变得丰盈。耐心做好每一件琐碎的事情,仍然能有读书和写作的空间,那一份专注带来的敏锐,让人欢喜。

坐在屋檐下喝茶,雨隔三岔五地光临,指给珈宝看:天在洗脸,它也要讲卫生呢。

叶子就是在这一场场的秋雨中慢慢变黄的。夏天那层层叠叠的绿,仿佛就要在造物的魔术棒下,一夜橙黄。

北京的这座山[①],连绵起伏,因其红叶,名闻遐迩。有人妙笔生花,描摹过它的景致,每到秋季,慕名者络绎。记得初来北京,曾经和六万名游客接踵于山路间,欲上下而不能。住得久了,才知道在山的另一边,秋天还有一处隐匿的盛景年年上演,

---

① 这座山,指香山。

● 造物的魔术棒下，一夜橙黄

只是因为它的知名度略逊，而不至于人满为患。

那是大觉寺。秋天有银杏，春天有玉兰。

我爱幽静之所，越是乏人问津，越是耐人寻味。

西山大觉寺，在自驾还不流行的时候，坐公交至少要倒三趟车，还要经过棒子地，田埂路，得花半天光景在路上。一旦抵达,劳顿不见。

春天的时候,这里会有约摸一周的时间,是玉兰的世界。洁白光耀,朵朵朝天,高贵而明艳。踏青的人们会在花下点一壶明慧茶院的碧螺春,柔和微风,芬芳浅浅,那是大觉寺明媚的一刻。

这寺院的花儿和树,不以繁多取胜,以专精而美。春之玉兰,秋之银杏,另有参天古木及古娑罗树一百多株。

寺院始建于辽代,最早唤作清水院,如同它的初名,风格极为古朴。中路由山门始,天王殿、大雄宝殿、无量寿佛殿、大悲坛逶迤展开,其中无量寿佛殿的玄色门窗,深沉稳重,令人安隐。殿门上挂着一幅匾,上有四字"动静等观",是乾隆手书。

● 约摸一周的时间,是玉兰的世界

● 洁白光耀，朵朵向天

在无量寿佛殿外两侧，种有两株银杏。北面的一株，相传是辽代所植，距今已有900多年的历史，人称千年银杏。

　　玄色殿堂，玄色匾额，青灰色的砖墙和砖地，茂密入云，遮天蔽日的橙黄灿烂。阳光被叶片筛过后，细碎俏皮，像是在大地上随手洒了一地的金。坐在被太阳晒得暖暖的方砖地上，泡一壶10年的铁罗汉，鸟儿在林间飞飞停停，偶尔抬头时，一片黄叶正悠悠荡荡地落在足旁。这便是大觉寺的秋了。银杏唯有入秋，才会从满目的绿背景中惊艳而出。春夏繁盛的绿，它只是配角，淹没在那深深浅浅的画卷里。待到萧瑟凉风尽吹，银杏化作诗意的画笔，浸染了天，也温暖了地。

大觉寺的银杏，就是这样印在了心海的底板上，经年不衰。

● 银杏做画笔，画在心海间

开始留意四季，应该是人近中年时的事情。

犹记得小的时候，老师每年都让我们写春天，瞪大了眼睛找春天，熬灯拔蜡地赞美花儿和鸟儿，春游的感慨千篇一律，交了差就把春给忘了。那么盛大的花事，尚且不在眼中，遑论其他三季。好奇之眼只为物质世界和它的主人们开放着，人生中每一件具体的任务都排着队等着我们去完成。只有在过年鞭炮的轰鸣声当中，才随众恍然一下，哦，一年又过去了。至于满眼花木，既

春 之 百 花

唤不出它们的名,也说不来它们的好,更别提还要腾出时间来赏一赏花,安一安心了。

少年之心,在于无畏,勇往直前的路上只有目标,没有风景。直到摸爬滚打久了,生离死别来了,圆满的心被损伤了,疑情在前,谜团待解。这个时候,快不起来了,速度放慢,盲区被看见。明媚春光,与绚烂秋色,才有了养心和入眼的可能。

那些昼伏夜出、朝酒晚舞的日子,那些梦想颠倒、孜孜以求的过往,那些只知奔跑、不懂停留的急切,还有忧闷满怀、无药可医的困囿……皆因驻足,而重新被审视。

更多的时候,在春光和秋色里徘徊,并不需要过多的思维。仅仅是在其间默坐,已经尽享安心之妙了。

我在灵隐寺曾经喝茶。泡茶的师父家在出产白茶的福鼎。他告诉我,喝茶最好的地方,是月亮升起来的时候,游人散尽,灵隐寺回归清静,这时提一壶白牡丹,或者寿眉,来在大殿前的空地上,月辉为伴,细品水中的山河。若说人有神性,当是此刻。

我听得神往,告诉师父,如此景致若挪到大觉寺中,一定也很好。

大觉寺四宜堂内,有两株十多米高的白玉兰,据说是清朝雍正年间的迦陵禅师亲手种植。其树冠如盖,开花时花大如拳,白色重瓣,繁复洁净。待到夜幕摇落,弯月如盏,于香气隐约的古树下坐而事茶,那朵朵玉兰,恍若明烛照彻,也应是乐事一桩。

师父听着我描述梦境一样的茶席,不禁颔首微笑。

朱自清为这玉兰还写有新体诗：

大觉寺里玉兰花，笔挺挺得一丈多；仰起头来帽子落，看见树顶真巍峨。

像宝塔冲霄之势，尖儿上星斗森罗。花儿是万只明烛，一个焰一个嫦娥；

又像吃奶的孩子，一支支小胖胳膊，嫩皮肤蜜糖欲滴，眨着眼儿带笑涡。

上帝一定在此地，我默默等候抚摩。

朱自清写得可真好啊。

把古庙里的花儿写出了神气，高洁的花儿有了娇憨的姿态。

大觉寺的夜，或许只能属于守庙人了。在山的这一侧，月亮在云彩里穿行时，小院深居的人，大可一杯还酹山月。

心里安静澄澈的那一瞬，诸神降临。

花界之旅·旅行贴士

1. 北京西山大觉寺，寺院内还有明慧茶院和绍兴菜馆。茶饭俱佳。

2. 每年清明后，树龄超过300年的白玉兰开花，花期一直延续到谷雨。10月中下旬，寺院里的千年银杏蔚为奇观。

道心犹如海上花

第一次见到琼花,是在扬州的瘦西湖畔。

此前,我并未做功课去了解这座城市。只是听闻有写古体诗的人每年3月都要有一次江南游。先从扬州开始,盛大的

● 扬州的琼花

花事一路南下,那些春天里的美好古雅,与诗心碰撞,成就令人艳羡的佳话。那个时候,我还不曾留意花儿的慷慨,生活里尽皆粗粝的奔赴。效人南游,本不为附庸,想着行远路而广博闻,是最好的认知途径。

琼花就是这样闯入眼帘的。

琼花的花型有如伞盖,中间是一簇似满天星一般的小花,四

周开有八朵白色的花,白花五瓣,花大如盘,在幽绿的树丛中内敛、素净,别有韵致。这花儿在别处从未见过,其淡雅、安然令人瞩目。

清晨的瘦西湖,有老者在打太极,待他歇下来的时候,我上前请教,始闻琼花之名。

花儿竟是扬州的市花。

据说欧阳修任扬州太守时,曾在花旁建有"无双亭",写道:曾向无双亭下醉,自知不负广陵春。天下无双的花儿开在扬州,有过许多不辜负美名的传说:譬如隋炀帝杨广开凿京杭大运河,就是为她而来,只是她在暴君抵达之前,经历一场冰雹而枯萎,隋炀帝没有看成花儿,反倒死在扬州;譬如宋朝,曾有两次移植,北宋仁宗慕其名,迎往汴京[1],南宋孝宗爱其美,栽至临安[2],均不能成活,枯木返乡,竟然复苏。人人都说琼花是有情有义之花,这花儿在元兵攻破扬州时彻底凋亡,其无瑕刚烈令扬州人念念不忘,后认与其相类的聚八仙为琼花。二者的明显差别在于古琼花有九朵环绕,而聚八仙则是八朵。古琼花绝迹,人们难忘其风骨,寻了她的姊妹重新命名来寄托爱戴。

在琼花的故乡,我们当时要拜谒的是鉴真大和尚曾经驻锡的道场——大明寺。时隔八年[3],大明寺印象已有些模糊。只记得

---

[1] 汴京,今开封。
[2] 临安,今杭州。
[3] 时隔八年,指的是笔者第一次去扬州大明寺,是2005年,去奈良唐招提寺,是2013年。

● 琼花刚烈，移而不存

沿着瘦西湖一路北上，在湖的最北端，即是大明寺。那开阔的寺院，唐风盎然的鉴真纪念堂，堂前石灯笼里的烛光，还有逶迤而开的琼花，如碎片一般散落在记忆的深处。直到2013年深秋，枫叶和银杏次第染色，我和道友搭乘了去往日本大阪的飞机，转乘新干线落脚京都，继而又转站奈良，搭了巴士，穿过稻田，来到鉴真和尚东渡日本后安居的寺院——唐招提寺，那些浮光掠影才由此慢慢勾连成一段完整的故事，刻入心田。

在唐招提寺那一站下车的时候，我误将稻田里一处静谧的庭院认作彼岸，欢喜雀跃地在其前留影后，却发现那只是一个小型的会所，正在展出秋菊。问了路人，才知道在会所的对面，过了河，经过田野，青松翠竹掩映下，有午后的斜阳指路，大和尚的寺院端严矗立。

　　唐招提寺，是鉴真大和尚与他的弟子按照唐朝时的寺院结构、比例、材质建造的。这所寺院历经战火、台风、地震等灾害，在日本人的竭力保护和修复下，金堂、讲堂和东塔保持了初建时的样貌，屹立不倒。金堂是第一座殿，中央供奉的是卢舍那

● 斜阳指路，唐招提寺矗立

佛,两侧立像为药师佛和千手观音。玄柱白墙,灰瓦青石,殿堂宽阔,方砖斑驳。坐在这样一座古庙前,恍如瞬间穿越时光隧道,回到了盛唐时期。那一位14岁便披剃出家的少年,栩栩如生地向我们颔首微笑。

鉴真和尚出家前,原姓淳于,因常随父亲往谒寺庙,生出景仰之心。出家后,勤勉好学,于南山律宗门下学戒,跟随戒和尚道岸学习建筑和绘画,27岁离开长安,回到扬州时,已是继道岸之后,独步江淮的精通律义的名僧。之后多年宣讲法要,临坛授戒,桃李满天下。

742年,鉴真54岁,有日僧荣叡和普照来恭请汉僧前往日本传戒,鉴真和尚问座下弟子谁愿领命?众人竟无人回应。鉴真因而感叹"东渡是为法事也,何惜身命!"一言既出,弟子们纷纷表示愿意跟从。这一年的冬天,鉴真与弟子21人、日僧4人,来到扬州附近的东河既济寺造船,准备东渡,却因为两个弟子间的玩笑话半途而废。道航取笑如海说,能去的都是有德之人,像如海这样学识尚浅的恐难成行。如海当了真,生了气,跑到父母官跟前诬告鉴真造船是与海盗勾结。所有僧众因此被拘,船被收缴,第一次东渡夭折。

两年之后,师愿不改,偕同17僧、85工匠再次开拔。这些工匠分别来自建筑、木工、雕刻、刺绣、碑石等行业,大和尚是真心要把佛法和唐风带到渴慕佛教文化的异国去的。不料尚未出海,船就在长江口沉了。待到修葺一新重新起航时,又遇到大风,漂泊到舟山的一个小岛上,困顿五日后众人才得救。大师遂在明州①阿育王寺整顿。开春之后,越州②、杭州、湖州、宣州③各寺院闻名而至,礼请鉴真前去讲法,第二次东渡由是搁浅。

结束巡回讲法后,鉴真回到阿育王寺,筹备第三次出行。越州僧人为挽留大师,向官府诬告日僧潜藏中国,为的是引诱鉴真东渡。荣叡因此被捕入狱,遣往杭州,荣叡途中装病,伪称病亡,才得以脱免。第三次东渡就此告终。

第四次东渡,鉴真离开阻碍重重的江南,取道福州,决心舍近求远,以达心愿,一行30人刚刚走到温州,就被官兵截住,原来大和尚在大明寺的弟子灵佑出于对师父安危的担忧,请扬州官府拦截。大和尚回到本庙,数月不展笑容,令灵佑惶恐不已。鉴真感慨当时唐玄宗崇道抑佛政策,"心曲千万端,悲来却难说"。而扶桑之国,佛教流行,戒律不整,数度挚诚相邀,初心不改,让他愈挫愈奋,不能放弃诺言。

748年,鉴真60岁,开始了东渡最艰难的一次旅程。他率僧14人、工匠水手35人,于6月出发,遇逆风而停。至11月,正式出海,再遇强风,漂流16天至振州④,之后两年,辗转海南、广东、广西各地传戒讲法,途径端州⑤时,荣叡病死,经韶州时,

---

① 明州,今宁波。
② 越州,今绍兴。
③ 宣州,今安徽宣城。
④ 振州,今海南三亚。
⑤ 端州,今广东肇庆。

春 之 百 花

● 6次东渡，历时12年

● 砖瓦门窗，高山仰止

普照辞行。大和尚心中悲痛，泪流不止，因此患上眼疾，不幸又遇庸医，导致双目失明！之后在吉州①，大弟子祥彦病故。鉴真一路跋涉，由南而北，踏遍整个南中国，令南山律宗的法义深入各地，然而，他痛失爱徒，又不见光明，颠沛数年后，重返扬州，志愿未偿，饮憾不已；

五年后，日本遣唐使藤原清河、吉备真备、晁衡等人再谒扬州，重提东渡，鉴真慨然应允。玄宗信道，想派道士去扶桑传法，因此禁止鉴真出海。鉴真便秘密乘船至苏州，转搭遣唐使大船。这一次漂洋过海，三条船失散一艘，触礁一艘，唯师所乘之舟安然无恙，经34天，终于抵达日本萨摩。这一年，鉴真和尚已经65岁了！

我于殿前坐了良久，太阳晒着的地方暖暖的，熨帖地安抚着劳累的腿脚。今人东渡，只需飞行两个多小时，和尚东渡，费时12年，共6次，前后退心者众。高山面前，唯有仰止。曾听说有东瀛人访长安，躺在城楼上，涕泗横流地看着天说：这可是唐朝的天空啊！而我于今，涉重洋，坐庙前，却也忍不住热泪盈眶：这可是唐朝的大庙啊！

这一砖一瓦，一门一窗，明明暗暗，远远近近，都浸透了一个有着坚韧意志的僧人的全部心血。

---

① 吉州，今江西吉安。

在金堂西侧，是戒坛。戒坛由青灰色的石砖而建，绿苔隐约其上。唐招提寺的戒坛是鉴真在日本开设的四大戒坛之一，另外三座分别在奈良东大寺、下野药师寺、筑紫观音寺。鉴真传戒时，日本的天皇、皇后、皇太子等以下次第而受，名僧皆舍旧戒而重受，他也因此成为日本律宗初祖。

讲堂后方，有御影堂，其中供奉着鉴真大和尚的等身坐像，是大和尚入灭之前，弟子们膜影而立。一年之中，只有三天开放。我们何其有幸，在这黄叶漫天时节，亲睹大师御影风采。看介绍说，御影堂前，种了许多琼花，这些来自大师故乡的花儿，年年春天，芬芳幽传。我们绕堂三匝，肃手而立，大和尚闭目端坐，微笑沉默，不由得想起那几句颂赞：皎月知我愿，传灯去他乡。波折不能阻，心境洒馨香。

鉴真东渡，不仅给日本带来了戒律和佛法，还带来了盛唐文化：诗歌、建筑、雕塑、壁画、篆刻等各方面的人才，在异国他乡倾囊传播。鉴真和尚目盲而心灯炽，他靠听经校正日本佛经中的谬误，靠嗅觉来分辨归类日本的无名药材。佛陀是大医王，是大药王，众生的身病心病他都要管，鉴真出自当时中国最大的药材集散地——扬州，又在长安师从懂医的弘景律师，他在医学上的积累和造诣由来已久。他帮助扶桑人鉴定药物，给光明皇太后治病，平安时代的《医心方》中，收有他开的药方，江户时代的药袋上印有鉴真像。

回望古都奈良，名胜平城京仿照长安结构建造，世界上最大

● 矮墙里面,是鉴真大和尚的舍利塔唐招提寺

的木制古庙东大寺,大和尚驻锡传法的唐招提寺……文化的传播根深叶茂,有迹可循。

循着御影堂向东而行,是能看到泥浆的一段矮墙,墙内松林高耸入云,松树下面的土壤被起伏的苔藓遮盖。这是鉴真和尚的舍利塔所在。向前行,路的西侧竖有木牌,上面写有五戒,告诫游人在大和尚御庙清域,有五件事被禁止:一是竹木采伐事;二是瓦石采集事；三是鱼鸟捕获事；四是饮食吃烟事；五是落书不行仪之事。也就是说，来拜谒大和尚的舍利塔，要心存敬仰，怀揣慈悲，行为举止合礼合仪。舍利塔在一座小山坡上，其前是一座与大明寺一模一样的石灯笼，上面写着"奉献鉴真大和上庙前"。灯笼里面，烛火不灭，与此岸遥相辉映。

远观舍利塔，岁月的风霜磨去了一些塔角。大师远矣！他在日本弘法10年，一朝入灭，而后由中日两国的后代子孙共同尊敬和敬仰。塔前立有一碑，栽有一树，碑文刻的是中佛协老会长赵朴初的赞颂，树是琼花——中国前总理赵紫阳亲手种下。

这是秋天，琼花未开，叶片却绿得闪闪发光。

琼花开的时候，扬州和奈良是一样的美。

曾经举世无双的琼花，因为道心坚固、悲愿宏深的鉴真和尚，

● 皓月知我愿，传灯去他乡

● 杳杳馨香

在异域开花结果。来自大明寺的她没有客死他乡,反倒在唐招提清淑繁茂。她是大师的故人,亦是和尚的知音,年年眷顾着,俏皮的鸟儿隐藏在花树之间,它们鸣啾着,仿佛在唱动听之曲。

花界之旅·旅行贴士

1.日本奈良唐招提寺,同期可前往东大寺。鉴真和尚在东大寺曾设坛授戒。奈良国立博物馆的正仓院展,每年10月底开放,正仓院收藏文物9000余件,多数为中国盛唐时期传至日本的宝物。而正仓院即在东大寺佛殿西北处安立。

2.琼花的花期在4—5月。

旧时芍药开满山

旧时芍药开满山,水在净瓶云在天。那句合头称心语,月朗灯清照碧岩。

1.
无眠&有觉

在药山,我住了三天。这三天里,没有一天能睡好觉。

睡不好觉,不是因为环境不好,恰恰相反,药山是武陵余脉,竹林茂密,草木葳蕤,竹林禅院的旁边还有一面湖,有风,芦苇摇荡;有光,波粼闪耀。

而竹林禅寺的常住僧人只有三位,人称"影师"的明影大和尚,还有两位小师父。常住的居士当时也只有三四位,他们行色匆匆,或语或默皆是收心低眉之势。

若说有什么声响,那便是风过耳时的片羽振颤,翠色入眼时的心海旌摇,鸟儿起早时的呢喃……还有凌晨四点半响在我隔壁的法鼓,晚上九点响在庭院里的钟声。

● 翠色入眼时的心海旌摇

是的,晨鼓暮钟,振聋发聩的晨鼓暮钟,由圣聪师父一人奋力发出的晨鼓暮钟,让我无法安眠。

我独自住在二楼的尽头,一墙之隔,即是法鼓所在。我曾在律宗寺院住过,有心理准备,知道僧众勤奋,凌晨三点就要起床,四点要上早课,早课结束后天也才刚蒙蒙亮。

法鼓阵阵,击破夜的沉寂,声声入耳,催迫昏沉。

我们的日常作息是夜深时挑灯,凌晨正是睡得深沉之时。来到药山,起居要改,自当早早安歇下来,然而思虑却如同坐禅时候,绵密细微,起伏不断。周遭的一切,蛙鸣莺啼,雨打檐牙都被放大，身体已然熬煎得困乏了，精神却如炯炯之灯，又像笑话里那个在楼下等第二只鞋子扔落的老头儿，迟迟不能寐。就在恍惚犹疑时，鼓声响起，仿佛是对无法实现自我调御的失败者的嘲讽，一下一下，槌在心上。

鼓声响过之后，就要出发去选佛场，在药山，早课是禅坐。

被唤作"选佛场"的地方就是禅堂，它位于竹林禅院院落里的最高处，进入以后，随师绕佛行禅，执事的师父肩扛着巡香香板，跟在大家身后。就在走得脚板发热，头上冒汗浑然忘我的时候，突然香板噌的一声，行者戛然而止，沉默入座。

包裹好腿，披上毯子后，师父关上了门。随着一声木鱼的敲击声，万籁俱寂。

一个半小时的禅坐，腿的麻木，念头的此起彼伏，还有每次禅坐必有的昏沉，片刻的轻安放空……我在默坐之中忙得不亦乐乎。

夜里八点，天色已暮蓝，大家各有所归。

九点，圣聪师父垂手默立在一口钟前，那钟的上方有一盏灯，像是舞台上的追光，夜色将山、湖、竹林和寺院都隐没了，那一刻，只有一僧一钟一灯在候场。突然地，师父就唱了起来：

干戈永息 甲马休征 阵败伤亡 俱生净土
飞禽走兽 罗网不逢 浪子孤商 早还乡井

● 钟声悠远，偈唱清澈，仿佛在祝祷：离苦啊离苦

无边世界 地久天长……

这是《暮钟偈》。

圣聪师父每唱完一句，便敲一下钟。

那钟声悠远，偈唱清澈，唱给云霄之上，苦海之中，幽冥之下的众生，仿佛在祝福着：离苦啊离苦！

唱诵和钟鼓结束后，袅袅余音，不绝于心。扪心自问——

你离苦了吗？是不是还在苦中作乐不知觉呢？

你生长出力气和智慧了吗?
有没有足够的力气做好一件事?
有没有足够的智慧在做事的时候不烦恼?
有没有在帮助他人离苦?
有没有在离苦的路上深得法喜?

钟鼓声在问我,余音在问我。
因为这问,而不得安眠。

2.
无花&有药

初闻药山之名,以为与药相关。略查一下,也确实中草药逾千百种。

● 一声鸡啼两畦地

● 药山的油茶花

● 油茶花硕大洁净

● 旧时芍药开满山

春之百花

    药山东饮八百里洞庭，西邻桃花源武陵，山环水抱，竹林绰绰。未近山前，云和雾来打招呼，山峦层层叠叠，深深浅浅，在车窗外勾勒出一幅湘北水墨。

    一声清脆的鸡啼，刚刚收割完庄稼的两畦地，路旁开着露珠晶莹枝叶摇坠的满坡油茶花。

    我们停下车来看花儿，白色的油茶花，鹅黄色的蕊，硕大洁净，在幽绿色的叶丛中闪耀着光华。

    这算是药山的花儿了吗？

    及至药山竹林禅寺，在与影师的茶叙中得知，这座山的名字，不是来自药材，而是来自花儿——旧时芍药开满山！

    据说唐初高僧惟俨法师云游，行至药山，看到满山的芍药，心生欢喜，借村人牛棚暂住下来。后于此开创药山寺。也因此故，药山禅又被人称作"牛栏禅"。惟俨禅师的弟子后开创曹洞宗，宋代日本僧人道元更是从宁波天童寺接法，令曹洞宗在日本发扬光大，成为日本最有影响的禅宗门派。药山寺也由此被尊为曹洞祖庭。

    想一想，这药山，竟是芍药曾经开满的山啊。

    我其实很爱芍药。芍药，是牡丹的妹妹，人称花相，又叫将离草。它晚于牡丹开放，形状比牡丹要小，是草本植物。花瓣重叠，花色由月白到藕粉，再到玫红……由浅及深，占尽绰约之姿。远闻芬芳欸乃，细嗅婉转清凉。《红楼》一书当中，娇憨赤

107

● 曹洞祖庭药山寺

● 不争不抢,婉转清凉

子如史湘云,更是有醉卧芍药园之佳话。

芍药是花儿,也是药。白芍可镇痛,赤芍可散瘀……

花儿开在5月末,暮春初夏相交之际,不争不抢,亭亭玉立。它就好像我们的初心,开始的那一瞬,不计未来,不计得失,饱满而自在。

而今芍药不见了,山和川静静地等待着后来的人。

● 芍药似初心

现在的药山,有两座寺院,古庙是药山寺,新宇是竹林禅院。药山古寺在山脚下,两三间庙堂,喝茶的茶室,讲法的未竟建筑慈云讲堂,还有散落着的已经被保护起来的一些重要碑刻。村民和远道而来的人零零散散地走在院子里,间或有人向师父讨一杯茶喝。

光影投射在唐以来的残垣上,遥想当年那一位生动有趣,不拘一格的祖师,崇尚"离法自净,不事细行"。他不要求弟子看经,但自己却常常悄悄看经,《惟俨大师碑》中有云,师常读《法华经》《华严经》《涅槃经》。一次被弟子发现,被发问:

和尚寻常不许人看经,为何自看?他答说,我只图遮眼。弟子又问能否效仿于他?他又说:要是你看,牛皮也须看透。①

经文难道不重要吗?禅修和观想难道不是船筏渡舟吗?

答案是肯定的,当然重要,当然是。

在竹林禅院的临湖轩喝茶时,明影大和尚就曾有言,人有参差阶段,法无定法。曹洞、临济、云门、沩仰、法眼……适合什么就学什么,遍参而无门户之见。应机说法,因材施教。人是活泼的,法更亦然。

所有指向皎洁月光(真理)的手指(方法或途径),都是帮助我们见到光明,而非束缚我们在这个手指上,误认标月指为光明的。

惟俨禅师担心学修的人读经而死于经,忘记识心见性的本旨,才会破除读经执着,立起自然标杆,这也是一种方法啊。

又有朗州刺史李翱与他的典故,历来为人乐道。崇儒排佛的李翱慕名请惟俨讲"道",惟俨几次均不赴约,无奈之下李翱前来请益,而他却"执经卷不顾",侍者不得不提醒他"太守在此",气得李翱感叹:见面不似闻名!

惟俨这才说道,何以贵耳而贱目?要学法,却因为执着身份地位的标签,乃至排佛的偏见而不能放下傲慢,法能入心吗?接着惟俨直呼其名,李翱喏喏答应。二人这才算真正相见。

---

① 出自《景德传灯录》卷四。

李翱劈头便问,什么是道?

惟俨禅师回答说,云在青天水在瓶!

这样一句话,令李翱当下心有警悟,疑冰顿消。

道,如天上的云瓶中的水一样,就在此处此刻,有什么需要分别妄想苦苦思量的呢?

也因为这次会见,李翱写下《赠药山高僧惟俨二首》:

练得身形似鹤形,千株松下两函经。我来相问无余说,云在青天水在瓶。

● 有时直上孤峰顶

此其一。

元代著名书法家赵孟頫更是以此为本,写下传世行书小品。2017年故宫博物院展出赵孟頫书画,观者如潮,趋之若鹜。

书有法则,写的更是道法,观其间架结构的人,可否由字见法呢?

其二也非常著名:

选得幽居惬野情,终年无送又无迎。有时直上孤峰顶,月下披云啸一声。

这一首诗亦有典可寻。相传惟俨法师在月夜登高长啸,声震澧阳90里,远近皆闻。药山的长啸峰由此得名。惟俨法师圆寂后,葬于啸峰化城塔,又称啸峰塔。

第二日我曾随师朝塔。从药山寺出发,跟随影师途经庄稼地,凋敝的荷塘,路过凌波微步的鸭群,还有一座传出低低播音"南无阿弥陀佛"的红房子①……在郁郁草叶间,循阶而上,即是祖师的化城塔。

绕塔三匝,躬身作礼。

影师开示说,以前释迦佛讲法,目犍连以神通进入他方世界,却字字句句听闻真切。佛声不高,却尽虚空遍法界。药山惟俨禅师长啸声也不高,何以声震近百里,人皆普闻?因心深故,所以远传。

影师一席话,让人如醍醐灌顶。

---

① 红房子里住着一位修净土宗的旦学法师,为守护祖师塔已在此修行二十多年。

何为心深?

在惟俨禅师与李翱的会见当中,还有一番问答。

李翱问禅师:什么是戒定慧?

惟俨说,我这里没有这闲家具。

李翱沉吟思索时,禅师继续说,太守要想保任这戒定慧,需要高高山顶立,深深海底行。闺阁中的那些俗物杂事一个不能舍,就保任不了。

"高高山顶立,深深海底行",思维其深意,能体会得到有朴素的至深劝诫在其中。

山顶立的是见地,见地如何得以确立,正立?

来自扎扎实实的心行。心行,即是日常修持。

修持一点一滴做到了,见解认识会得到提升和开阔。

行门一开,笃实去做,既不欺人,亦不自欺。这个时候,随处作主,立处皆真。这样修持出的心,是深心,虽默默,或低声,却影响巨大,波及深远。

---- 3. ----
无我&有法

竹林禅院,是明影大和尚荷担复兴古刹,同期率众深入经典,落实生活禅[①]的地方。止观堂读书听经,临湖轩品茶论道,

---

① 生活禅:由净慧老和尚倡导的把学佛、修行与生活有机地结合起来,在生活中落实修行的方法。

● 晨雾中的竹林禅院

选佛场晨昏默照……

  山中多云雾，云雾常与殿堂亲。

  住在这里，再沸腾的心，都会被这大美收摄安静下来。

  推开窗，是竹海，是心湖，雨滴有时候化成露珠，在檐宇上串成帘，在叶片上卧作玉。

  走进止观堂，有人端坐看经；走进圆通殿，小师父正在拜88佛忏；坐在选佛场里，一举一动都令衣服的褶皱发出巨响；于五观堂里吃饭,菜根的清香都萦绕舌尖……

　　一切都因为心无旁骛,制心一处,而尘归尘,土归土,回到了本来的面目,历历在目,森森其然。

　　在竹林禅院,具一像一法。像在进门处,是罗睺罗尊者;法在墙壁上,印的是达摩禅法的核心:二入四行观。

　　佛教的建筑和雕塑,美是接引方便,旨在表法。

　　竹林禅院将佛陀的弟子,密行第一的罗睺罗尊者安立于此,又将法之源头"二入四行观"高悬墙上,无一不是在提醒学人要深入原典,返本溯源;明理深行,毫不含糊。

　　罗睺罗尊者是佛陀十大弟子之一,号称密行第一,忍辱第一,他深入原典,决不姑息自己的懒惰,以勤摄内心密为警策。

　　他是佛陀的儿子,是僧团里最早的沙弥。因为年幼顽皮,曾经以捉弄他人为乐。佛陀严厉地训诫他说,身为沙门,不重威仪,戏弄妄语,谁还会爱敬你,珍摄你呢?如此作为,堕落可期。罗睺罗从此严守戒律,威仪细行再无懈怠;同时,他在受到不公平待遇的时候,能够调伏嗔恨心,严守忍辱。佛陀后来都赞叹他,因为有智慧,才能见到深远的因果。能成佛者,主要是因为心地安稳,知道忍辱德行的可贵。

　　而达摩祖师的"二入四行观",更是寥寥数语,直指要害!

　　修行入道的路有很多,总括来看,不出两种——理入,行入。

　　理入,是说籍教悟宗,深信本性同一,只是暂时被客尘妄想所遮盖，不能显现。如果能舍妄归真，与理相合，无自无他，凡圣等一……即是理入。

行入有四行。一是抱冤行，二是随缘行，三无所求行，四称法行。

我读之再三，试解之——

第一抱冤行，是说修道的人如果遭遇苦，自己要知道，苦有苦因，虽然当下并没有妨害他人，但也有宿世的恶业果子成熟，这样的因果我们虽然不能看清楚，但心甘情愿接受，并不抱怨。这就是经文里说的：逢苦不忧。

怎么能做到逢苦不忧呢？

是因为认知和智慧抵达了根本之处。

第二随缘行，苦乐皆是因缘而生，缘尽而散。所谓荣誉和顺利，也是过去宿因感召而得，这一段因缘圆满了，顺利也就结束了。得与失，都不能令这颗心增或减，顺缘而行，此心不动。

第三行无所求行，世人长迷，处处贪著，这就叫求。人无所求，形随运转，万有皆空，在这里面会遇到"道"。

第四行，称法行。经文有说过，法无有我，离我垢故。做事，只管去做，不执著于相。修行六度（布施、持戒、忍辱、精进、禅定、般若）而不觉得有所行，自行得益，又能利他，还能庄严菩提之道，却不因此产生妄想，执著于那些障碍解脱的外在绳索，不被执著所染污，就是"称法行"。

这样的开宗明义，以竹简楷书的方式，醒目地悬挂在竹林禅

• 剃发是何意？是去除烦恼

院的墙壁上。

常常沉默偶尔微笑的明影大和尚，其深心，来者可解一二？

三日参访，影师的只言片语发生在田间、塔前、茶舍，他说：剃发是什么意思？是去除烦恼。心里要剃头发，那是无论在家出家，都要做的事情。那个才是修行。

后来见到药山寺的崇雨师兄,她转述师父的另一句话:修行,是在做事的时候,看自己是否给他人带来了烦恼。

师父说的话貌似平常,却耐人寻味,他亦声调不高,却每每令人如芒刺背。走的时候,影师送我一本《碧岩录》,一袋药山自种的大米,一册载有药山来历的《禅》刊。

回来以后,翻看到《圆悟禅师送大慧住庵》一文,提到药山——

● 烟波浩渺之好境,若无进益不敢去

今庵居隘狭。七五间茆舍同作一处。咳唾动静无不与耳目相接，若一一责之以礼，则久久生怨动念。蓦地声色相反，便见参商。却损道义。岂不见药山数十年，牛栏庵只七八人。其后皆为大法器……俗谚所谓，相见易得好，共住难为人。要须廊落宽容，半见半不见，且图长久……但患逞俊太过。一色使自己性，久之便不恰好也。佛法无多子。久长难得人。

这一段文字，每每阅及，每每沉吟。

四行观，文字好解，道理能行吗？

共住和合，需要有理有行，需要长久心忍辱心，需要自我觉察，需要放下这个"我"。心行，不仅在牛栏庵，也在我们身处的此时此刻此处此境。

药山，竹林禅院，烟波浩渺之地，从此，成了我心底的一个鞭策。这样的好境，我舍不得多去，更不敢借交通之便利把它视为方便抵达之处。我若不真实有进益，愧对药山法药之丰厚。

我给师父寄去了芍药的种子，还有种植芍药的一本书。有常住师兄回复说，种子收到，来日可期。

医心法要，是花儿亦是果，一朝见闻，时刻护念。

花界之旅·旅行贴士

1.药山寺在湖南省常德市，是禅宗曹洞宗的法脉源头。不远处的竹林禅院，是药山寺师父们静修之处。惟俨禅师的啸峰塔也在药山。距此车程一个多小时,有夹山灵泉禅院,圆悟克勤禅师在夹山写下了"禅门第一书"《碧岩录》,是誉满东亚的禅茶祖庭。向南至沩山,有沩仰宗祖庭密印寺。

  2.芍药的花期是5月,芍药之于如今之药山,更多的是一个亘古而来的传说了。每年10月,这里满山开遍白色的油茶花,也极好。更何况有竹林和湖面。此地是清修和深耕之所。

夏之凉风

夏 之 凉 风

凌霄花开兴教寺

去兴教寺，是在2004年的夏天。

那一年盛夏，我在终南山度过了七天的禅修时光。荫翳蔽日的山林里，来自四面八方的同修们凌晨课诵，拜忏礼佛，经行打

● 远望终南山

坐……仿佛是涤荡长久以来的昏昧，皈依12年后，我再次行皈依礼：愿以深心奉三宝①。

七天后下山，去的第一站，是兴教寺。

兴教寺，有别于西安那些闹市里的大庙，它坐落在少陵塬上，距城尚远。

我们在庄稼地、田埂路上穿行，岭上白云相伴，一路溯源，终于来到古朴、宁静的寺院。

记得法莲师父②落发前，曾经对我说，孩子，你长大以后，一定要去终南山拜拜佛，那里有很多大庙和茅蓬，好着哩。师父一句简朴的"好着哩"，终于在我拜谒到狮子茅蓬③，行脚到兴教寺后，得到了印证。

兴教寺是唐代高僧玄奘法师的长眠之地。公元664年，一路西行取经归来，译作彪炳史册的玄奘大师圆寂，葬于白鹿原，

---

① 三宝：指佛宝、法宝和僧宝，宝代表了稀有珍贵，因为佛、法、僧在世间的出现非常稀有难得，所以称之为宝。

佛宝是指十方三世一切诸佛，佛代表着觉悟，觉悟宇宙人生真理，能够自觉、觉他、觉行圆满；同时，在智慧、道德和行为上，都已经达到彻底的圆满。

法宝是指佛陀所说的教法，即我们通常所说的三藏十二部。众生因迷茫所困，无始以来在生死中轮转，不知道生从何来、死往何处？皈依法之后，通过对佛法的学习，可以了解到离苦得乐的方法，解脱生命中存在的种种痛苦，获得真正的幸福和快乐。

僧宝是指严持戒律的出家人，包括贤圣僧和凡夫僧二类。僧宝是佛法住世的象征，是三宝中不可或缺的一部分。

② 法莲师父：家里的一位长辈，后出家。曾任太原市宝林寺住持。

③ 狮子茅蓬：虚云老和尚于1901年在终南山结茅修行的地方。

669年改葬樊川，并修有五层灵塔，次年因塔建寺，唐肃宗题名为"兴教"，寺名从此而来。

这座寺院格局工整，由殿房、藏经楼和塔院三部分组成，建筑风格稳重、大气，山门所对，是壮阔的终南山麓，站在塬上，极目处是绵延不绝的层峦和变幻无穷的云朵。虽然是盛夏时分造访，却因为此地远避喧哗，而让人内心顿生清凉。

大雄宝殿内有明代的铜佛一尊，另供有缅甸赠送的白玉石刻弥勒佛像，殿后有一棵百年侧柏，侧柏上并立而上的是正在怒放的凌霄花。尽管是路过，那橘红色的花朵还是给我留下了惊鸿一瞥的印象。东跨院是藏经楼，这座两层的小楼里收藏了有关玄奘大师的书画以及周总理和尼赫鲁等领导人瞻仰三塔的照片资料，它们见证了中印两国的友谊由来已久。

西跨院又称慈恩塔院，建有并列的三座舍利塔，分别为玄奘大师及其弟子窥基、圆测遗骨的安葬地。玄奘灵塔居中，高21米，窥基塔、圆测塔分立两侧，均为7米高。三塔之间，松柏静立，绿荫如盖，塔檐上青草摇曳，砖身斑驳，雨痕依稀，在塔之前默立，古意盎然，敬意盎然。

我们几位同修当时去兴教寺，是要拜访常明老和尚。他当时是兴教寺的方丈，也是支持我们那一次禅修活动的宽旭法师的恩师。老和尚的大名，我在白光师父[①]的口中早已听说。这几

[①] 白光法师：原中国佛学院副教务长，现普陀山佛学院副院长，中国佛学院创办者之一。

位早年亲近过虚云大师,又都先后在终南山茅蓬静修,于中国佛学院或深造或教学的老和尚,在当时的教界,也都是国宝级别的人物了。

常明老和尚时年87岁,并不常出来见人。因参加禅修的大多是年轻学子,还有许多是高校师生,大家坐在石凳上、马扎上或台阶上,踊跃认真,向温厚长者发问。还记得我们请老和尚讲戒。老和尚说,守戒如护眼目。虽有开遮持犯,但心内标尺不能自欺。

不多久,师父的侍者拿来了扇子,人手一把,徐风送凉。

常明老和尚布衣麻履,脸色黝黑,听人讲话时目光下垂,严守心意。貌似木讷的长者19岁落发出家,21岁受具足戒,之后10年安居终南山南五台,潜心修行,人赞"孤峰独宿观自在,空山习静学法王"[①]。师父1958年来到兴教寺,先后任住持、方丈,此后50余年为这座千年古寺的维护、佛法的传承、经教的开演殚精竭虑。20世纪60年代初,唐玄奘塔向南倾斜,常明老和尚带领僧众紧急抢救,用炸石、水泥浆砌塔南护坡。"文革"期间,常明法师从终南许多破落寺院搜集了碑石、佛像、法物,珍藏在兴教寺。举世罕见的玄奘法师从印度带回来的贝叶经就是在那个年代由他抢救珍藏下来的。后来经专家鉴定,在贝叶上面写的古巴利文是公元3世纪的文字,就是在印度现在也很难找到。在老和尚的感召下,四众弟子,海内外友人纷纷解囊供养,也由此,殿

---

① 常明老和尚曾隐居南五台之灵应台,时有雪峰禅师以此句来赞。

● 藤花之可敬者，莫若凌霄

宇、经楼修复起来，卧佛殿得以兴建，樱花园更是年年芬芳，欣欣向荣。

而所有这一切奔走和付出，我们在眼前这一位波澜不惊的长者脸上，丝毫看不出来。

在兴教寺，我们一行人绕塔拜塔，不同职业、年龄、阅历的年轻人聚集一处，没有寒暄，却有着不可思议的默契。这是法相唯识宗的创始人玄奘大师曾经安睡之处[1]，他毕生忍耐孤独，涵

---

[1] 玄奘大师公元664年圆寂，归葬白鹿原，669年，改葬兴教寺。828年，寺塔损毁严重，曾重修塔身。唐末大乱，为保全灵骨，寺僧将大师转葬终南山紫阁寺。988年，金陵（今南京）天禧寺住持可政来此朝山，发现废寺危塔中的大师顶骨，千里背负，迎归金陵。以后故事见本书《桂花海在灵谷》一文。

养坚忍,经历波澜壮阔的考验,其精神心意都深深地浸透在这里的一砖一瓦之中,经由历代僧宝和信众的护持,那一份穿越千年历史的庄严恬静,环抱着我们,令人轻安。

寺院里亦有花无数。初春的樱花、海棠,夏天的凌霄,秋天的菊,冬天的梅……我去之时,有幸见识到大殿之后法堂之前,于那一株侧柏上攀援而开的凌霄。这柏树何时何人种下,已不可考,但据说有数百年树龄,与周围的树种相较,它赫然而立,稳健扎实,而凌霄花择大树而生,经由百年,花与树的根已完全融为一体。凌霄,在西方的花语中代表着"声誉"和"傲骨",它并非攀附高贵,而是自身高贵,宋代的诗人杨绘曾写诗赞叹它说:直绕枝干凌霄去,犹有根源与地平。不道花依他树发,强攀红日斗修明。

它那么坚定,向上向光,宁愿停止生长,也不愿意匍匐在地,傲骨在根在茎,而其花朵温润和平,无净无求。

此时此地开着这样一棵凌霄,如同僧宝演法般地重要。

坚定,护戒如护眼目,骨格高贵的僧宝,就是凌霄的花。

荒村古庙、大师遗蜕,若无僧宝看护,千年精神散失殆尽;贝叶经文、录者译者心血,若无僧宝演说,则成尘封纸张;远道奔赴的学子,有拳拳求知求解之心,若无僧宝引领教诲,入宝山也将空手归。

无事不登三宝殿。佛法僧三宝中,排在第三位不可或缺的即是僧宝。觉悟的人演说的法由僧宝代代传承,我们学觉悟的人,思维他总结的世界观与方法论,实践他的如法如律的弟子们的一

● 藤花之可敬者，莫若凌霄

言一行。

    过去的20多年里，我也曾去过许多大庙，它们从考古、建筑、文化、园林等诸多领域来看，都极具价值，但因其没有僧众护持，成了游客走马观花的背景，人们对于它们的历史文化传承尚且不甚了了，更不要谈去了解其代表的法义和精神了。
    古庙兴废，莫不与人的作为相关。
    寺院是讲法所在，亦是僧众修行传法之所，对于佛子来说，他们的共存，彰示着人们对于人生真理有追究有求索并且有可能找到答案的意义。
    这其中的必然联系，犹如凌霄与侧柏。但人们往往赞美松柏的精神，忽略凌霄的志向。而我们的古人，却一直赋予凌霄花志存高远之意。宋诗有云：披云似有凌云志，向日宁无捧日心。珍重青松好依托，直从平地起千寻。
    因那花儿的摇曳点缀，松柏有了生动和柔和的一面。而与之相生相伴的凌霄花，既是见证，亦是守护。戏剧家李渔曾有言："藤花之可敬者，莫若凌霄。"他将之喻为"天际真人"，不是想看就能看得到的。

    我也还记得当时的监院，常老弟子宽池法师写得一手好字，沉稳雄浑，大家纷纷讨字，师父憨憨地拿来一摞写好的，说，你们挑吧。在他那间不大的寮房里，师父唤人送来了西瓜，看大家吃得香，师父笑了。宽师话也少，淳朴讷言如老和尚。

我当然还记得,坐在大殿外的台阶上,我们闭目,静静聆听瓦檐上铃铛的清音,没有人愿意离开。

兴教寺建立之初,有寺就有僧,当代复兴之时,常明老和尚和他的弟子们呕心沥血,护塔护庙。愿我们爱这古意,更念其养护古意的人,懂得再美的风景都要有根。

一晃将近十年过去了。这十年里,发生了太多的变故。老和尚2009年圆寂了,西安的朋友打来电话,我们说起大殿外的凌霄,想着再有一个多月,它又将绽放。八百里秦川,沉默的山河,温润而又傲骨的花儿……我心里充满着对那里的祝福。

希望兴教寺安好,希望凌霄花依然,希望满地凌霄花不扫,我来六月听鸣蝉[①]。

花界之旅·旅行贴士

1.兴教寺,在陕西省西安市城南长安区少陵塬。佛教法相宗(唯识宗)祖庭。玄奘大师墓在此地。西安市长安区的古寺大庙众多,中国佛教八大宗派中的法相、净土、律宗、华严四大宗派的开山祖师和发展地都在长安区。附近值得参访的还有大兴善寺、青龙寺、香积寺等。

2.凌霄花,每年6—8月是花期。

---

① 出自宋朝陆游诗《夏日杂题》。

香黉碧云寺

第一次去碧云寺,还是在大学时候,和谁同往已经记不得了。只记得去香山的人很多,从学校到那里倒了很多趟车,在车上差点被挤成柿饼,下了车又随着人流走了好长一截子,才捱到碧云寺的门口。

那是深秋,去香山的人都是奔着看红叶的,熙攘人声,参差黄栌,令北京的秋极为喧嚣。

所幸,我只是惦记着去看看寺庙。

在碧云寺,对红叶趋之若鹜的人们被分流了。

墙外游人笑,墙内诸佛悄悄,刹那间的清凉沁入心间。

现在想来,碧云寺给我留下的第一印象,并非寺庙掌故,也不是满园秋色,而是中山纪念堂里宋庆龄目光深邃动人的一张照片。

孙中山先生1925年病逝于北京,那个时候的中国,军阀割据,内忧外患,南京的中山陵还远未建成,先生的灵柩在中山公园[①]公

[①] 中山公园,原名中央公园。

夏之凉风

● 碧云寺

祭之后,被浩浩汤汤的人马护送至碧云寺停放,其时,宋庆龄只有32岁。

在中山纪念堂陈列的照片里,有一幅宋庆龄坐在空了的病床前的留影——那是一张怎样让人心碎的影像啊。温婉如她,年轻如她,眸子深深如她,缱绻之情如她,面对残局:未来之路多凶险,手足背离现端倪,而身心依怙却长诀……

我伫立在这张照片前良久,痴想着20世纪20年代的北平,万

133

● 宋庆龄32岁的照片（图片来自网络）

● 香山的杏花

人公祭,举国哀悼,中山公园距香山之路迢迢,那些挽幛在料峭春寒中迎风摇摆,而这样一个美丽的孤独的妇人,在悲伤的漩涡间静立。

那一种仪态令人难忘。

当初选碧云寺作为暂放中山先生灵柩的处所,据说缘于中山先生祖籍广东省香山县①,香山县因城中遍植沉香树而得名,先生由此起步,走向世界;革命尚未成功,英雄遗骨异乡,恰碧云寺所在,亦称香山,人们寄哀思于此,人称中山先生生死两香山。

北京的这座香山以香入名,据说是有两个原因的,其一是说得名自最高峰的钟乳石,因其形似香炉,称为香炉山,简称香山;其二是山上遍植杏树,开春4月,满山杏花飘香,使得此山名副其实。

人们知道香山的大名,大多源自作家杨朔的名篇《香山红叶》,学者钟敬文先生亦写有《碧云寺的秋色》,香山的秋季美景文以载名。但实际上,香山的美好,不仅仅在秋天。

因为青石在香山曾经建了个书院,我得以常常在那里喝茶写字,才后知后觉到那香山的香,在春天和夏天,是那么地繁盛而有次第!

3、4月,漫山遍野,杏花绽放,丛丛簇簇的浅粉色,雪白色,星星点点开在山坳里。走在碧云寺的塔后村路上,那片浅淡

---

① 广东省香山县,今中山市。

的烟霞便涸入眼帘；5月，槐花开了，碧云寺内外，一棵棵参天的槐树飘香，夜晚坐在书院里，有月朗照，闭目静心，即有沁人心脾的槐花香萦鼻满怀；6月，刚一进香山公园的北门，与碧云寺一墙之隔，一股异香扑鼻而来，有些像茉莉，又有些似丁香，才觉浓郁却又消失，不经意间又悠悠远远，飘曳而来。遍寻身边，只看见高大树木，阔叶身畔，开着黄色的小花，凑近了去闻，果然是它！待到问了花工，才知道，那是椴树。

这6月花开的椴树，让我耳目一新。若不常来细访，我又怎能识得它呢。

● 椴树花

椴树是乔木阔叶,大方挺括的树干和绿叶间,开着细小的花朵,每一朵花有五个花瓣,花蕊之间产有亮晶晶的花蜜。椴树花蜜,为人称道。晚春初夏,是椴花的花期,它盛开之际,花香袭人。

将近一年的时间,我常常从碧云寺走到椴树下闲坐,在它绿意盎然,或丹黄变色时,并不识它,直到春天快要过去,它接班槐花,灿烂开出盛夏光景,才让人无法忽略。它的香是那么地汹涌,却又那么地隐约,你不找它的时候,它一直在,你若苦心寻觅时,它又藏了起来。微风拂过,细碎娇柔的小花悠悠荡荡,落个满怀,也不去拍掉它,就那么带着它的味道,坐着,冥思着,感觉与它交融在一处,同为自然之子,再无彼此分别。

据说,椴树在日耳曼人的心中,象征着爱情,在德语的发音里,它与"柔和"一词相近。我想到了墙那边的那张照片,他们的爱和离别……或许,有这盛夏的清香相伴,那离人的泪会得到些安慰吧。而就是这些绵延不绝的芬芳,令古朴苍劲的寺院变得生动起来。

其实,碧云寺院内也有许多绿植花草,百花齐放时,那此起彼伏的香,婆娑摇曳的美,不亚于任何一座花园。珍珠梅、凌霄花、白果树、黑枣树、梧桐、柿树、桫椤树、七叶树……在此竞相生长,每一季,皆有美景纷呈。

这座建于元代的寺庙,历史上也是风云迭起,在明朝它被佞臣太监于经看中,扩建后意为葬身之处,未及身死,于经下狱,初旨落空;后来又被太监魏忠贤相中,重蹈于经扩建之意图,不

● 七叶树

料其命运也如出一辙,寺院建成后五年,魏忠贤获罪,墓穴皆废。到了清朝,乾隆十二年,碧云寺再度大兴土木,著名的金刚宝座塔、罗汉堂以及皇族行宫在此时落成。这里由此也成了皇上与帝妃们赏景的佳处。再后来,中山先生寄身四年,其间经历战乱隐患,风波不断,好在民心所向,遗骨得以保全,安稳地移送到南京。

  一座寺庙,初建之时就被人的私欲所盘旋,继而又成了王公贵族的玩赏之处,几经变迁,也没能与寺院的真实功能关联,让人不禁感慨再三!

碧云寺是北京三所建有金刚塔的寺院之一，另外两所是五塔寺和黄寺。在寺院里，值得一提的是最后方的金刚塔，碧云寺的金刚塔气势恢宏，宝座上有七座石塔：一座屋形方塔，一座圆形喇嘛塔，其后有五座十三层密檐方塔，中央一大塔，四隅各有一小塔。这种独特的建筑形式，是曼陀罗的一种变体。曼陀罗的梵语mandala，是由意为"心髓""本质"的manda，以及意为"得"的la所组成。曼陀罗一词可以理解为"获得本质"。"获得本质"，指的是获得佛陀的无上正等正觉。曼陀罗也有"证悟的场所""道场"的意思，而道场是设坛以供如来、菩萨聚集的场所，因此，它也被称为坛城。整个金刚宝座塔布满了大小佛像、天王、龙凤狮象和云纹等精致浮雕，其华美令人叹为观止。

登上金刚宝座塔，极目远望，苍茫的北京城如同一幅宽银幕画卷在眼前展开，在这座古城的西隅，人间烟火的热气腾腾与山中寺院的清凉沉默，一远一近，形成全景。

我爱碧云寺的大气苍凉，在书院里读书乏了，便来这里漫步。

在这里，我看到了历史勾陈，闻见了四季清芬，抚摸着那些默不能言的石刻，心里涌动着一些些遗憾。这一座大庙，承载了个人的私心、时代的哀伤、自然的景观，仿佛一个老者，看尽了沧桑，唯独没有承载佛法。在北京，还有许多这样的寺庙，我常常徘徊在它们寂寞的景色里，它们归属在文物、旅游、园林等部门的管理之下，面向走马观花的游人收门票，或寥落或喧嚣，佛像空立，与法无涉。那些关怀人的生命成长，激荡智慧和觉性的

● 碧云寺的金刚塔

● 坛城上的浮雕精美绝伦

夏之凉风

● 在塔上遥望苍茫的北京城

道与理,没能在它应在的场所发扬光大,真有点儿可惜。

或许,慈悲智慧如佛陀,早已预见了世间的兴灭法,有薪火相传的盛年,也有只闻其名不解其意的末法时代①,有佛像处即是结缘处,缘起之时,心香幽传吧。

若有朝一日,花香与心香交相辉映,那才是真实不二的美景呐。

---

① 末法时代,佛教有佛陀入灭以后正法流传五百年,像法流传一千年,之后末法时代历经一万年后,佛法灭尽的说法。正法时代,是指有教有行有证;像法时代,有教有行,证果的人很稀少了;而末法时代,空有教,无修行者。时间的划分上,是有这三个时期,但"末法时代"是指众生的共业,并非彻底的佛法灭尽。如果自己肯努力,仍然可以创造正法的别业。"末法时代"的提出,亦可视作策励和警醒,勿被无明转,勿被舍本逐末的时代潮流裹挟。

● 若花香与心香辉映,该多好

花界之旅 · 旅行贴士

1.碧云寺,在北京香山公园北侧。

2.每年6-7月,是椴树花开的季节。10月下旬,是香山红叶节。红叶主要是指黄栌的叶子,黄栌也开花,在每年5月,灿若烟霞。

木槿荣时茶席盛

万年寺在峨眉。

我的少年时代在峨眉附近的木城度过。印象当中,我去过峨眉多次,报国寺和伏虎寺更是每次必去,但竟没有一次爬上过金顶。万年寺、洪椿坪、清音阁、洗象池……这些地名更是耳熟能详。

记得我曾有过整套关于峨眉山的传说——一共20本小人书,里面讲述了神仙天女是如何在这山里变化出怡人景色,又是如何于此地恋恋不舍……仙女们飘逸的绫罗闪烁的环佩、高耸入云的秀美山川、繁花绿树的神秘纹路,都是小时候瑰丽难言的旧梦。

一晃竟然阔别了30多年。

这一次归来,我要去的是万年寺。

万年寺是东晋时候创建的大庙,位列峨眉山八大寺院之一,因其无梁砖殿供奉普贤菩萨铜像而驰名。无梁砖殿建于明朝万历年间,它的样貌是金刚宝座式的佛塔,穹窿顶方形建筑,据说它是万历皇帝为母亲祝寿而建。最早的万年寺曾坐拥殿宇七重,

● 峨眉

夏之凉风

● 万年寺无梁砖殿

几度兴废，1946年更是经历一场大火，所有殿堂几乎全部毁于一旦，唯有砖殿幸存。

而无梁砖殿内的普贤铜像，追溯起来更为久远。早在宋代，蜀中官员多次上奏说，普贤菩萨在峨眉现相，笃信佛教的皇帝即令造像，骑着六牙白象的普贤分段铸成，南运三百多里，铆接而成。

峨眉是中国四大佛教圣地之一，也是大乘佛教四大菩萨之一的普贤大士的道场。这四大菩萨的典故早已深入人心——象征智慧的文殊菩萨在山西五台山，象征大愿的地藏菩萨在安徽九华山，象征大悲的观音菩萨在浙江普陀山。而普贤菩萨素以行愿称世，有愿有智，慈悲具足，还需要以笃实的践行来完成。智悲行

● 普贤菩萨道场

● 茶室窗外的山峦

愿,是令有情众生觉悟的道途,四者互为倚重,缺一不可。

拜过普贤菩萨,来到客堂楼下。

我要寻访的是一位茶僧。在成都开有书院,教授水墨和茶道的道友悦心,茶僧是她的友人,据说茶很好。

万年寺自古有茶,唐朝李善的《文选注》里有记载云:峨眉多药草,茶尤好,异于天下。到了宋代,峨眉雪芽、青叶甘露这些美好的名字更是嵌入文豪诗句当中,于历史长河里熠熠发光。1964年的初春,陈毅元帅在万年寺喝茶,在寺僧相请下,给自己杯中的绿茶起了"竹叶青"一名,从此,万年寺的竹叶青闻名遐迩。

这位茶僧那里,会是竹叶青吗?

师父的茶室在客堂的楼上。一面落地大窗伫立茶席一侧,窗外满目翠竹,郁郁葱葱,微风徐来,竹叶拂动。茶席上无论盖碗、紫砂壶,还是一杯一盏,每一件都好用好看,耐人寻味。

饮茶之所如此素净而唯美,让人一旦置身,便身心收摄。

这间茶室,其实是师父的寮房。一半用来做茶室,一半还堆放着客堂的一些必用之物。在我们喝茶的间隙,不断有其他的人来问杂事,年轻的师父有条不紊地安排着,清点着,再回到茶席,只见他眼观鼻,鼻观心,心在盅内,茶味不变。

我们喝了两道茶。其中之一,是海拔1400米的无名绿茶。虽是绿茶,泡出来的汤色却是金橙色,挂杯香如同兰花。师父给我们用的是白瓷杯,玉兰杯型,上面画有竹叶。白瓷温润,色泽如玉,汤色在玉一般的杯盏里全然绽放。

好茶让人沉默,唯有舌根生出无尽意。茶僧突然说,人专注于茶味时,六根之舌根醒觉,而其他五根关闭,如同此刻,窗外蝉鸣一直都在,却充耳不闻。其中意趣,唯有专心才能懂得。

"一根既返源,六根得解脱",与我同来的青石师兄和师父几乎在同时说出了《楞严经》中的句子。

想到这茶席,懂茶的人总是要叮嘱茶客们不要花枝招展涂脂

● 一根既返源,六根得解脱

夏之凉风

抹粉，泡茶的人更是要素心素手，不能将一丝一毫茶之外的那些矫饰带到内视的环境中来。相得益彰即好，本为喝茶而来，若被其他繁杂名目牵引干扰，那就是多余之物。

茶僧又问我们如何甄别农残茶？怎样分离出茶汤里的重金属？

我老实作答说，全靠自己的身体试，马上头晕的就是有农药残留。和尚忍不住大笑。他问我，兰若居士是神农吗？万一中毒怎么办？

师父告诉我们，他用的方法是玻璃杯泡茶，泡好以后静置一昼夜，由于农残中含有重金属，那么它与茶的正常成分比重不一样，茶汤不仅会分层，也会色泽各异。没有农残的茶汤是透亮的，农残超标的一定不仅能喝出来，也会有方法试出来。

这又令我蓦然忆及曾经在涉案剧剧本创作时，公安部的技侦专家给我们上课普及技术侦查手段，其中就有如果嫌疑人将账本或重要字条烧毁，那么把烧毁的余烬整体提取，放置在两块玻璃中间，然后用打火机或者酒精灯在其下烧热——由于圆珠笔或钢笔的字迹元素是重金属，而纸张是碳元素，经过燃烧后它们呈现出的颜色会不同，前者偏黑，后者偏灰白，这样，被焚毁的字据就再次显影了……

这和师父践行而得来的甄别法，不是有异曲同工之妙吗？

茶僧年纪虽轻，却是少小出家，于今①已有17年了。他身处

---

① 今，指的是当时，2016年。

大庙，躬耕勤勉，他有他的方法，实践着惜茶又懂茶之道。说起饮茶心得，他讲一呼一吸，即为我身，谓之曰"此身如风箱，饮茶如服丹"。平常的一句话，却暗含了老子《道德经》里的话——

天地之间，其犹橐龠①乎？虚而不屈，动而愈出。

橐龠，指的是风箱。天地之间，看似虚空，实则无尽。如同风箱虽内空，但只要拉动风挡，则鼓风而出。

而茶僧比喻此身如风箱，身如天地，身如虚空，一呼一吸，竟与拉动风箱相类，这样去喝茶，妙用其间，不可思议。

香炉茗烟皆袅袅，盆景山石悄望远……方外好茶让我们喝出了汗。听见我们感慨，茶僧笑说，之所以拿半间做茶室，就是想与来的人分享。要把好，给有因缘的人都看到。

临走，他又告诉我们，在蒙顶山千佛寺，有他的戒兄，亲手做茶，茶味更好。

蒙山是青石的故乡，而茶僧提到的戒兄，竟然是青石认识的故人。茶僧力荐，成了我们又可期待的下一站相遇。

与师父道别后，我们回到无梁砖殿前，给普贤大士供灯。

在菩提堂外，我看到了木槿。

其实，还没有走进万年寺，蝉声喧天的竹林道边，木槿便已然星星簇簇地在微风中摇曳了。翠竹掩映下石阶路蜿蜒曲折，青

---

① 橐龠，音tuo yue，意为风箱。

夏之凉风

● 木槿星星簇簇

苔洇湿着红墙，偶尔会有身着黄色僧衣的人从浅紫色的木槿花丛中走过。

《礼记》有云：夏至，鹿角解，蝉始鸣，半夏生，木槿荣。眼前正是盛夏，溽暑天气汗沁衣衫，却因为有蔽日古木，树树木槿，走在林间，却也有清凉滋味。

走乏了的女儿在木槿花下还委屈地哭了一鼻子。因为供灯，

花※果

● 古寺槿花，普贤行愿

可以让她点燃灯火，泪花还挂在睫毛上的孩子便又破涕为笑了。

坐在槿花树下的长凳上，想旧时在蜀地，每一年的暑假，就是这样的情景了吧：深深浅浅的花儿，密林中奔跑的稚童，似有若无的绵密蝉声，头顶着西瓜皮坚决不睡觉的中午……

那时候，我们一定不知道这花儿的名字，不知道诗经《郑风》里有女同车，颜如舜华，那舜华的比喻，即为木槿；我们也不曾读过白居易的诗句，中庭有槿花，荣落同一晨，不知道它朝开暮落，只有一天的灿烂；更不知道它的别名叫无穷花，古朝鲜

● 客心洗流水，余响入霜钟

人称之为从天而降的花……

　　木槿本是寻常花木，农为编篱识，蜂因课蜜知①，而少年总是着急奔向后来的路途，很少能留意身边的点滴；我们呢，也常常以为很熟悉的道途，因为心有旁骛，一再地走，却如履陌路——如古寺、如槿花、如饮茶、如懂得普贤行愿，如了解人世和我们自己。

---

① 出自王冕诗《槿花》。

一座寺院，如果只有佛像和风景，就失去了寻访的真义。

息心岭下万年寺，寺中白水秋风是一景。白水池中，山影月色常自照，诗人李白于此写下名篇《听蜀僧浚弹琴》：

蜀僧抱绿绮，西下峨眉峰。为我一挥手，如听万壑松。客心洗流水，余响入霜钟。不觉碧山暮，秋云暗几重。

三宝之一的僧宝，因践行而道法自明，时时处处都在演说解脱道。当年李白听到的琴声，而今我喝到的甘露，青青竹叶，郁郁木槿，尽是法身般若，让人回味至今，仍有受用。

花界之旅·旅行贴士

1.万年寺在四川省峨眉山。峨眉山秀雅深邃，报国寺、伏虎寺、洗象池、洪椿坪……金顶皆好。同期可以参访的还有大佛禅院。

木槿花期在7—10月。峨眉的四季都有花，任何季节去都有它别具一格的景象。

楠庭院闻花香[1]

千佛寺在蒙山。

蒙山又称蒙顶,是著名的茶山。之前我也去过一次千佛寺,印象深刻的,是其中一座殿的山门壁画,左侧画着一个抱着美女的人在堕落,右侧画着一个抓着麻将牌"九万"的人在堕落——壁画直指川人沉迷麻将的弊端,而这劝诫又是如此地幽默和接地气,真所谓一方水土出一幅画!

再有,就是在那里,旁听了一堂黄昏时刻的晚课。

有些破败的古老寺院,却在暮色沉沉中传来了当仁不让的深沉唱诵。

后来竟再未去过。直到2017年的夏天。

溽暑时分,家里街上都难安隐。我们等不来瓢泼的雨,唯有驱车进山,去寻清凉。

这一次拜访,有着前因和前缘。

---

[1] 此文作为单篇,曾被收入作者散文集《空山煮茶记》第2版。

● 蒙顶山是茶山

● 远处似锦带的是青衣江

夏 之 凉 风

　　前因是2016年盛夏,我们在峨眉万年寺遇到了一位茶僧,茶僧的茶和心得都让我耳目一新,年轻的法师却对我们说,在蒙山千佛寺,有他的戒兄,戒兄的茶更好。
　　前缘亦不可思议,同修青石竟然和千佛寺的这位法师认得。

　　车子沿着盘山路行至山巅,白云在茶园里走走停停,青衣江仿佛一条锦带,挂在天际。远处的周公山是青黛色的,近在眼前的蒙顶由深蓝、幽绿至翠绿……层叠铺排,暑热,仿佛在绿意扑面的瞬间消失了大半,只待来一阵清风,或一场暴雨,好让心头的焦灼却步。
　　千佛寺并不在山顶,我们由山巅处顺着另一条下山的路开,开到山腰处,出现了红墙,那就是这座庙了。走到大山门前,老

● 年久失修的千佛寺

● 院子里晒着辣椒

庙石阶看着眼生，我恍惚觉得自己并没有来过这座寺院。

  寺院本就古老，似乎年久又失修，草木茂盛，砖墙却斑驳。那画着本土劝诫的壁画差点儿因为色彩掉落而遍寻不见。有垂垂老僧走过，我们问询道：寒竹师父在吗？
  老僧笑眯眯地说，在。刚回来。
  青石说，我们先拜佛吧，一会儿给师父打电话，讨口茶喝。
  于是，每一间殿宇，我们依次拜去。
  院子里，晒着辣椒。盆栽的荷花开得正艳。照壁上画着寒山拾得和合二僧。

夏 之 凉 风

• 蒙山无羁无绊

• 照壁上的寒山拾得

• 木楠花（本图摄影：李磊）

我们坐在楠庭院喝茶的时候,青石感冒未愈。天越热,反而气脉越不通。因为潮湿,他腿上还起了湿疹。和我一样,四川也是他的第二故乡,少年时代在此度过的人,带着孩子回乡度假反倒产生了诸多不适。

师父听闻,笑说,那就喝点儿大叶子茶吧!

师父的茶席,设在一个古亭内,四周古木参天,绳子上还晾晒着衣物和干食。

说是茶席,其实也颇让我有些大跌眼镜——因为没有当下流行的茶布茶巾干泡台,反倒是十多年前茶城卖茶的那些人用的茶盘,师父用的茶器也简单,盖碗是青花瓷的,泡水的壶是1.5升的电水壶。茶桌设在亭子间,是楠木桌。寺院里一只唤作"Lucky"的狗趴在茶桌下面打瞌睡……

师父从一个大茶袋里抓了一把大叶子茶放到了盖碗里,开水冲泡,一切都不起眼,自然而粗放,这风格与峨眉山的茶僧恰好大相径庭,"峨眉"那般美轮美奂,"蒙山"如此无羁无绊。待到入口,我知道喝到了不一样的茶。

茶的汤色是浅红色,但味道却并非红茶。一杯入口,暑意全消;第二杯,肺腑熨帖;第三杯,每一个毛孔似乎都被唤醒,汗珠缓缓从肌肤内沁出。我们喝得沉默却又大汗淋漓,而泡茶的人却只是在平常说话。

寒竹和尚是都江堰人,打小儿在道教圣地青城山耳濡目染,却在少年时代听闻到和自己相关的一首偈子,提到蔡山①，因缘指引，最后落脚在雅安蒙顶山的庙子里。他问我，居士可知道周公山的由来？

周公山就在雅安市的近郊。我们在雅安的家毗邻青衣江大桥，傍晚如果在那里散步，常常可以望见高耸入云的周公山。从周公山一直向南，瓦屋山、峨眉山连绵成片，云和雾缭绕终年，常让人有神仙聚居的感觉。

周公山古时候叫作蔡山，诸葛亮南征夷狄时路过此地，夜梦周公面授机宜，终有七擒孟获之佳话。而这周公，姓姬名旦，是周文王的儿子，武王的弟弟，成王的叔父。他先后辅佐过武王和成王，伐纣制礼作乐，功不可没。孔子视之为儒家精神的典范，以"梦见周公"寄托缅怀，曾经慨叹自己"中夜抚枕叹，想与数子游。吾衰久矣夫，何其不梦周？"

师父重提典故，令我温故而知新。解梦的周公，梦见的周公，诸神在山和海之间的演义，远古时候文化的传承，当下躬耕于茶山里的隐者，逐渐关联在一处。

我问楠庭院名字的由来。师父指着亭子旁边的一株参天古木，你看，那就是木楠树。每年春天要收茶的时候就会开。言罢找出手机里的照片——那是我不曾见过的一种花朵。花儿的样子像合欢，又像一个憨态可掬的圆滚滚的刺猬，黄色的。师父说，木楠花开的时候，傍晚幽香暗送，山里人皆以为寺内有奇木，常

---

① 蔡山，雅安附近的周公山。

常深夜来"取",结果柴火都快要被"取"没了,那些人也不知道其实是身旁这棵大树怀有异香。如同木楠树不被常人识一样,师父说茶是"天上没得地头才有"的东西,是物华天宝,是最该珍视却最容易被忽略的东西。

那个为着自己不再适应乡土正苦恼的人,因为这样一道力道深厚的茶,满头冒汗,气息皆通。青石赞叹这茶,问到来历,师父笑言,是他自己用老川茶做的夏茶,并无茶类归属,介乎于白茶和红茶之间。师父说得平淡,但我们心知不凡。

怪道峨眉山的茶僧再三推荐,谆谆告知。这茶气充沛,令人忘失饥饱。

师父说起和山民的相处之道,有着他的机要。

有人给他打电话,问他:师父,你在不在?

他答,我还活着。

人又问,你在哪里?

他耐心地,我在这里。

——这里是哪里?

——这里是屋头。

——屋头做啥子?

——屋头喝茶。

如果你只是要问个子丑寅卯,那也能问出个便宜答案。但如果你有个觉察的意思,这里面已然滋味无穷。打掉所有的附着,直截了当看到本地风光,就在这一杯一盏,一问一答之间。但若

夏之凉风

● 隐匿的人说平常的话，深浅自照

是错过了，那也便错过了。

隐匿的人说平常的话，深和浅都是对面来者的自性映照。

就像那长在楠庭院，年年春夜送晚芳的木楠树，就像那老川茶做出来的无名劲茶。

告别千佛寺。又是一年过去了。春天的夜晚，想到那庭院里的异香，想到酷暑闷热时借茶发出来的汗，我托上山收菜的老李代为拜访寺里的木楠花。

和尚不在，花儿开得正好。太阳照在上面，闪着金灿灿的光。

花界之旅·旅行贴士

1.千佛寺在四川省雅安市名山县蒙顶山上。同期可安排参访山上的永兴寺。永兴寺是佛教晚课"蒙山施食仪"的发源地，甘露法师即为集成此仪轨者。他曾深居于此，种茶清修，人称"蒙顶甘露"，至今寺内僧人仍种有茶园。蒙顶山亦是茶马古道的重要一站，"植茶始祖"吴理真在西汉时期于蒙顶山五峰之间驯化了七株野生茶树，开创世界上有文字记载最早人工种茶的历史先河。至今满山茶园飘香。

2.蒙顶山有四种茶：甘露、黄芽（黄茶）、石花、毛峰。四茶各异，皆好，力荐。专文《蒙顶山上的甘露》和《生死场里石花开》请参考作者另一本散文集《一心一意来奉茶》。

3.这篇文章是盛夏写的，那个时候看见了木楠树，却未见花开。花儿开在采茶季，每年4月。蒙山是大山，与峨眉一样，四季都有花儿。冬天，杜鹃和山茶一样开得好。

秋之月

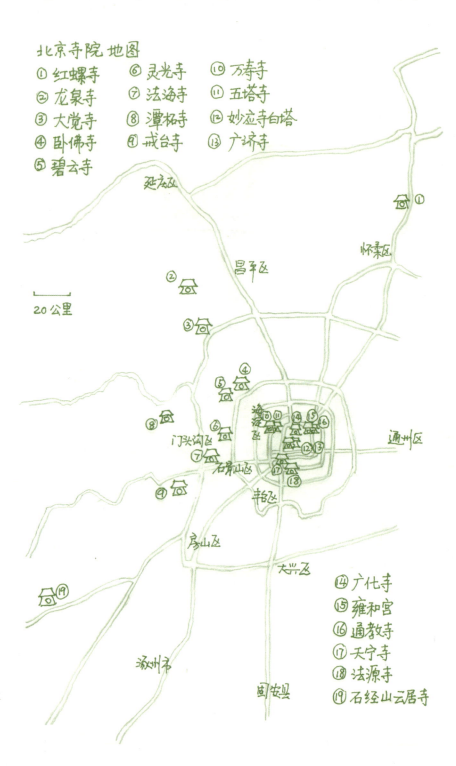

桂花海在灵谷

在太湖的一个小岛上,我听到来自南京的师父说,如果要去南京,一定要到紫金山上走走。恰逢金秋,紫金山上的万株桂树一定开得正灿烂。

其实,秋天来江南,常常会邂逅桂花。苏州、杭州、扬州都能遇到那隐约却馥郁的花香。

一万株桂树?那该是怎样的壮观?

对规模的想象,让我动心。

在苏州坐上火车,第一站无锡,第二站常州,第三站就到了南京。

我也想过,去南京要拜谒栖霞寺,或者去看看雨花台。

但不知为什么,住在车水马龙的街旁,我却打消了这个念头。

在玄武湖畔走走停停,我总觉得空旷而荒凉。

空旷是因为玄武湖足够大,而荒凉感却不知因何而生。

及至秦淮河上夜游船所见,夫子庙和乌衣巷逡巡,所得的只是失望。繁华的是盛名,今人雕饰的历史崭新得令人生畏。

● 密林绵延

想起了师父描述的紫金山。坐了车上去。上山的路貌似只有一条,堵车严重。

终于身处山中时,心境陡然换了面貌。

密林绵延,古松参天。幽深而又宁静的大山,竟然在转身之间环抱了我。

风很柔和,阳光透过叶片洒在林间小径上,三两把椅子错落着,往前走,是中山陵。往后走,是灵谷寺。人们相错而行,在其间休憩。纵然有欢声,也消弭在茂林中。

我独爱这人们经停的山林,坐在松下,闭目安享这一刻的阳光。

耳目暂歇,嗅觉灵敏起来,是什么萦绕鼻尖?沁人心脾?似有还无,张目无踪——一丝隐隐的,幽幽的花香传来,似乎是打定了主意要和我捉迷藏。我不由得起身,循香而去。

却还是不见。

一片枫叶缓缓落在脚下。我拾起端详。那幽香又袭来,终于发现地上有极不起眼的小花!捧在手心里,淡淡的黄色,柔美地开着,是桂花。再仔细看,桂花竟细细密密地落了一地。抬眼寻觅,这才发现松林间那矮株的即是桂树,因其花朵的细微,乍看之下,竟然被忽略。

• 花儿细微,易被忽略

环顾整个密林,原来并不需要移步半寸,我所置身的地方,正是桂花海的中央!

据说紫金山原本种满了松树林,但虫害肆虐,大部分马尾松都毁于一旦,而灵谷寺周围的松树却意外得以幸存。林业专家仔细分析发现,唯有灵谷寺旁种着桂花,桂花树和马尾松交叉成林。虫害是由飞行能力差的天牛传播的,而桂花树阻止了天牛的迁飞。由此紫金山不再是松涛独起伏的地界了,桂花海的涟漪也深入其中。

密林一角,即是灵谷寺。

灵谷寺在紫金山的东南麓,是明代佛教三大寺院之一。早在六朝时期,紫金山就已经是佛教圣地,梁武帝时,周围寺院多达70余所。几经兴废,灵谷寺独存。

其中无梁殿是唯一还能看见明代面貌的殿堂。这座无梁殿,原名为无量殿,因供奉无量佛而得名。整座建筑由砖石砌成,无梁无椽,所以又叫作无梁殿。进到无梁殿内,莲花座上佛像无踪,1928年,国民政府以无梁殿为国民革命军阵亡将士祭殿,名曰"正气堂"。偌大的殿内,四周的墙壁上嵌有"国民革命军阵亡将士题名碑"110块,铭刻了33224位阵亡将士的姓名。

在那个殿里,很容易安静下来。

南京这座城市,承载了我们这个民族太多的眼泪。那些百姓的子弟,在一次一次的战火中付出生命,悄无声息地陈列成眼前的姓名。殿外即便再骄阳似火,殿内也因为他们的牺牲而肃穆清

● 秋意自枝头现

● 桂花香遍布,密布

凉。面对斑驳的字迹，想象着这些年轻过的人们，他们都是母亲的儿子，女人的丈夫，孩子的父亲，在来不及道别的时候就匆匆地过完了一生……后来我读到台湾著名作家齐邦媛女士写的《巨流河》，里面有她写自己年少时倾慕的飞虎队队员的故事。70年后，她从台湾飞回来，到南京找他的名字。那一段文字令人心碎。在不相关的人看来，名字如同符号，看不出其中的来龙去脉、爱恨情仇，但怀揣秘密的人来寻访，那都是怎样惊心动魄的人生啊！

● 那是怎样惊心动魄的人生啊

据说以前殿里有三尊佛，阳光透过墙上的气窗照射进来，在特定的时间，太阳恰好如同追光，照耀在佛像上，特别地庄严。如今，佛像不在了，普通人的名字在，有光进来，也是抚慰吧。愿付出的，抱憾的，无畏的……人们都得到安顿吧。

今人所能见到的灵谷寺已经是清朝同治年间重修过的样貌了。三进院的庙宇几经修葺，焕然一新，让人有些意外的，最后面的殿竟然是玄奘法师纪念堂！

玄奘法师圆寂在西安，他的顶骨舍利竟然在此供奉。查阅了相关资料，才明白法师身后，墓地毁于黄巢起义，顶骨舍利迁至终南山紫阁寺，300年后由僧人迎请到南京报恩寺建塔供奉。清末塔毁于兵荒。1942年，侵华日军在报恩寺三藏殿原址处挖得石函，内有文字详载顶骨来历，顶骨舍利由此一分为三——北京、日本、南京三地留存。南京的顶骨舍利由当时的汪伪政府分两处收藏——小九华山①（今南京玄奘寺）和文物保管委员会。文保会的这一份在1973年迎至灵谷寺。

沧海桑田，大师也无法预料身后这种种的变迁！想玄奘大师千里迢迢，孤身涉险，专志正法的传播，以他那份坚韧而又奋勇的心怀，一定是更希望后来的学人能以法为重，而不执外物为真理的吧。顶骨舍利再三地辗转，再三地经历被抢夺，迎请，赠送，湮灭，或无人识得，或奉若珍宝，都是人在造作罢了。

---

① 小九华山，今南京玄奘寺。

花 * 果

● 天地时间才是君王

走出灵谷寺，桂花的花瓣雨飘下，回头看，又有新的旅人徜徉在花香中。历史在翻篇，人们在洗牌，一茬一茬的岁月经过，痕迹被时光的大手轻轻抹掉，而只有这遍布、密布、年年岁岁不绝的桂花开着，香着，旁观着。我和旅人们擦肩，走出去很远，恍若听见有谁在轻唱：

俺曾见金陵玉树莺声晓，秦淮水榭花开早，谁知道容易冰消！眼看他起朱楼，眼看他宴宾客，眼看他楼塌了！这青苔碧瓦堆，俺曾睡过风流觉，把五十年兴亡看饱……①

花界之旅·旅行贴士

1.灵谷寺在南京紫金山上。同期可以参访的还有栖霞寺和狮子岭兜率寺。狮子岭兜率寺在南京市郊，车程要一小时。但道风俨然，值得钦慕。关于兜率寺的专文《鼎沸人世传清音》收在作者的散文集《一楣月下窗》中。

2.桂花花期在9—10月上旬。

---

① 《哀江南》唱词，出自清代孔尚任的剧本《桃花扇》。

再见五塔寺

我看见了五塔。

从万寿寺出来,一直奔东,有一座小桥,很古老的那种,顺

● 五塔寺

着一条斜街，我就找到它了。

五座塔高低错落在同一个塔基上。说不出来的美。

塔基周壁上雕有许多佛像，佛像是异域风情。菩萨被磨砺成拙朴的线条，微笑着。

这是什么来历的塔？它代表什么？有什么故事？

在那个秋天，没有解答。

五塔两旁，是两棵大如伞盖的银杏树。

这也是记忆中我第一次见到银杏。

漫天橙黄，叶片如扇面，光影之下，愈发显出一份从容古雅。

银杏多在寺院里种植，据说也有其寓意。银杏是长寿树种，千年银杏树，在许多地方并不罕见，它是一个地方历史、气候，乃至生态环境的见证者。银杏树所结的白果药用价值也非常高。在它的掩映

• 五塔寺旁的银杏

● 陷在命运的深潭里，唯有这密林懂得

下，斑驳的五塔更是神秘莫测。

　　在五塔的正前方，还有一个平台，是一个地基。
　　这个平台上堆满了新伐的木头。乍一看，会给人误入密林深处的错觉——实际上，这是在北京的西二环附近，街巷人声，就在咫尺之遥。
　　这个搁放木头的平台，该是当年庙宇的所在了吧。
　　曾经的殿堂，信众，繁茂景象一概不见了。
　　兴废几度，唯留了这气质迥异的塔，和一年一度绽开橙黄笑意的树供人凭吊。

● 叶片飞舞，最终停落

又哪里有凭吊的人呢。除了冒着霏霏秋雨的我，和一个写生的男子。

叶片飘摇着，飞舞着，坠落着，最后停在青砖上。

后来我看了对五塔寺的介绍。说是明朝的时候，印度的一位高僧向明成祖献了五尊金佛，明成祖诏令为五佛建塔。因塔建庙，名为真觉寺。20世纪初，八国联军入侵，真觉寺毁于一旦，唯有这金刚宝座塔岿然不动。

第一次相遇，是在1993年。那个时候，我在北京地图所有带

"寺"的地名上画圈,我要一个一个寻访!于是,我看见大佛寺成了站牌名,隆福寺成了小吃服装一条街,万寿寺在做绘画展览,大觉寺山门紧闭。

五塔寺或许有人看管吧。我不了解。那个时候,没有卖门票的。没有游人。五塔周围是碑林,矗立在风雨里。一排小平房,挂着一个什么生命科学院的牌子。很寥落。

尽管如此,这座仿佛菩提迦耶金刚座那种气息的塔,让人仰望时,仍然震动。

● 见到五塔,就好像去了菩提迦耶

秋 之 月

我在湿漉漉的塔下礼佛。

这是我一个人的经行。不被人知,珍贵无比。

再去是1996年,和同修雷梵。木头没有了。银杏叶葱绿浓郁。院子里突兀地多出了旋转木马、跷跷板和碰碰车这些东西。正是夏日午后,附近的居民还没有来这里健身、带孩子嬉耍。我们坐在五塔寺旁边的台阶上,谈着各自的打算。

雷梵要在假期去色达了。

我们一起在居士林听黄念祖老居士的课。同学当中有来自黄寺的人,他们向他介绍了色达五明佛学院。

就在我们谈论的时候,很巧,另一位同修明亮师兄带着朋友也来到这里。

我们互相致意。

明亮师兄特地和雷梵握手。

在那个邂逅的瞬间,我又高兴又难过。高兴的是,有人和我一样,知道五塔寺的秘密,这里的寂静、神秘和美好,被我们这样一些人珍视着;难过的是,那个时候的我陷在命运的某一处深潭里,怕人误会,怕人觉察。

第三次去,是10年后。我陪父母去动物园玩。老爸喜欢动物,我答应他们要去一次动物园。没想到,动物园的后门,与五塔寺隔桥相邻。

这里修葺一新了。门票是20元。父母都是过了70岁的老人,半价。

我像是回到了老家一样,熟门熟路,却又生手生眼。

五塔寺开放了。

那些碑林不再风吹日晒,它们都被请到中式建筑里去了,这里现在叫作石刻博物馆。

五塔的下方是一个窑洞一样的门,从门而入,两侧是塔内阶梯,循梯而上,我们来到了塔顶。顶为平台,台上高两丈的五座小塔近在目前。近前细看,才发现这一座金刚塔上,浮雕、纹饰、文字密布:梵藏文、佛像、法器、大鹏金翅鸟、狮、象、孔雀、飞羊、佛足、莲花、八宝、菩提树嵌落其中。

在这些雕刻中,一双佛足让人注目。父亲躬身端详,连连赞叹,记得我当时还对他说,老爸,也许我们不一定能去印度朝礼菩提迦耶,但见到这个,就好像去了那里。

老父以为然。

佛迹天下,并不是他真的要走那么多的地方,那么远的路,才能和我们相遇。我们的心,和佛心是一样的。觉悟了,就合二为一,不对立,也不分裂了。

而这一座金刚塔,又是多么好的表法符号啊!

佛陀在金刚宝座上开悟,圆寂后,座上建塔。塔代表什么?是心塔。而佛陀觉悟的实相是什么?是心法。塔是来调伏心的。若自心能被调伏,还有什么可坏?

历经数百年,人事更迭,庙宇毁灭,而塔犹存,塔前的银杏还在。

● 若心能被调伏，还有什么可坏

我们至亲三人，坐在树下，仍能蔽日消暑，得到清凉。

17年过去了。五塔看我的17年，就是沧海一粟。我看我的17年，却有着实实在在的爱恨别离。我又独自回到这里。银杏再度葱绿。我想起佛陀在圆寂前与阿难的对话。

佛陀问阿难，你看那树，天生就是树的模样吗？

● 树倒下以后，会以其他形态出现

● 阿难，你不要悲伤

阿难说，不是，最初它是种子。

佛陀说，对，种子破土发芽，长成参天之树，而树也会枯萎死去，但你不能说树不存在了。在树存在之前，它以种子的形态等待萌芽，在树倒下之后，它以泥土、空气、水、芬芳或新的种子的形态出现。

所以说，阿难，你要知道，不是我不在了，是我以你的形态，弟子们的形态，觉悟了的人们的形态继续出现。阿难，你不要悲伤。

有生灭的是凡心，无生灭的是道心。我坐在银杏树下，听见了这句话。

花界之旅·旅行贴士

1.五塔寺在北京市白石桥附近，与北京动物园的后门正对。它同时也是北京石刻艺术博物馆所在地。往西不远是万寿寺，这里也是北京艺术博物馆所在地。

2.银杏4月开花，10月叶子变黄。花儿是绿色的。在北京的寺院看银杏，大觉寺和五塔寺都是极好的去处。

开元木上棉

到泉州的时候已近黄昏,我只能把对开元寺的期待再搁一搁,等天亮。

● 清源山弥陀岩,
有弘一大师的灵骨塔

知道泉州，是中学读历史，一段豆腐块文字，说那是南方佛教兴盛之地，自古就有"泉南佛国"之誉。同时，它还是中世纪世界著名的贸易港，商人、旅行家、僧侣和各行各业的外国人云集于此，带来了佛教、伊斯兰教、基督教、印度教、摩尼教和犹太教文化，遗留下来丰富的宗教文物，被誉为世界宗教博物馆。

同行的安芷在攻略里看到此地还有伊斯兰教的古墓群，作为一个资深的"僵尸粉"，她对此大为神往。

在我的想象里，泉州仿佛是个港口，临海，那里的繁盛有如大唐时的长安，各路人马络绎往来，文化、宗教、异域风情、商品于此铺排上演，令时人目不暇接……

第二天一大早，开元寺出现在我们面前。与想象中的盛唐古寺略有落差——街道不宽，庙门也不甚起眼，公交车自此经过，店面熙熙攘攘，人声鼎沸，古意难寻。

进了山门后，气象骤然不同。第一座自然是天王殿，与一般汉传寺院天王殿供奉弥勒菩萨、韦驮菩萨以及四大天王不同，开元寺的天王殿非常空旷，两根石柱在殿中支撑，石柱年代久远，据说是唐朝梭柱风格，柱上悬有木制对联，"此地古称佛国，满街都是圣人"，这是宋朝著名理学家朱熹所言，后来由弘一大师题写。殿堂东西两侧供有密迹金刚与梵王，俗称哼哈二将。两位护法因殿堂敞亮而相距甚远，地面是灰砖，斑驳起伏，岁月的痕迹一览无余。

殿中窗格漏下万缕阳光，洒在地上。从窗格向外望去，是满

• 弘一大师遗墨

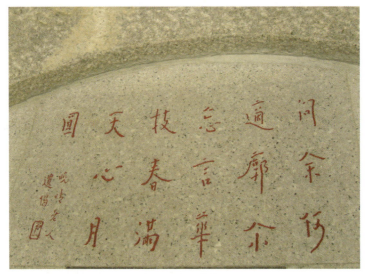

• 弘一大师偈言

眼的绿。

心也因此一下子就静了下来。

开元寺作为泉州的象征，始建于唐686年，那时寺名为莲花寺。唐开元二十六年，唐玄宗下令在全国发生过大规模战争之地建寺，以做水陆法会，来超荐战争中死亡的将士，由此该寺亦随之更名为"开元寺"。

走出天王殿，第二座殿是大雄宝殿。两殿之间是一处更为开阔之地，称为拜庭。

拜庭源自古神坛，后来随着祭祀的发展，单一的神坛由一而三，分化为神殿、拜亭（献殿、献台）和戏台。开元寺的拜庭是官民朝拜的地方，每逢农历二十六日，寺院不收门票，信众簇拥，梵呗声声。在这开阔的石庭两侧有开元寺最重要的东西二塔，东西长廊也两两相对。寺院的中轴线由此而立，左右两边共8棵榕树，这些榕树树龄由200年到800年不等，真真是老树参天，坐在树下，清风穿叶沁人心。树下参差排列着11座古经幢、小舍利塔等文物，看介绍说是唐、宋、明等不同时期筑造的。

在拜庭的榕树下，我们坐了很久，拜谒尚未展开，脚步却不由自主地停下。似乎唐以来的法脉奔涌而来，未曾停歇，直到我们前往，驻足，遭遇，而心有所知。那是一种传承和保任带来的踏实感。昔人虽再也不复返，但明月白云勤恳值班依旧。岁月为我们挽留了昔人的旧迹，坐在它们身旁，犹如和我们的祖先默然相对，心里沉静而有力量。

再看大雄宝殿。一幅横匾上题有"桑莲法界"。这是开元寺由来的一个典故。

寺院原址是唐大财主黄守恭的桑园,他梦见一位僧人向他募地建寺,他允诺说若桑树开出莲花来,他便舍园捐寺。不成想,过了些日子,满园桑树尽绽白莲,于是黄守恭将桑园献出,寺名定为莲花寺。桑开白莲,像是一切传说一样,神奇之处尽见众生愿景。不过,在殿后确有一株千年老桑树,树下石碑更是详尽记录了桑开白莲的法界奇迹。1925年,老桑树被雷电一劈为三,经由寺院的僧众悉心养护,断枝落地重生,如今,老桑树真的像一朵莲花般,向三个方向延展开去,大如伞盖,郁郁葱葱。

开元寺的宝贝数不胜数。令人叹为观止的还有甘露戒坛。

沿着中轴线,第三座大殿就是甘露戒坛。据说,唐朝时开元寺一带常降甘露,一位叫行昭的和尚在这里挖了一口甘露井。公元1019年,有僧人在井上建坛,甘露戒坛因此得名。现在我们看到的甘露戒坛是清康熙五年重建的,至今已有340多年的历史。泉州开元寺甘露戒坛与杭州昭庆寺戒坛、北京戒台寺戒坛齐名,被称为中国三大戒坛。

戒坛是佛教僧侣受戒的地方。中国汉地戒坛始于求那跋摩的南林寺戒坛。戒坛的形式有露坛、圆坛、船上受戒。唐道宣法师在《四分律行事钞》卷上曾说:"外国戒坛多在露地。"

我们踏入戒坛参访时,守殿的僧人便再三提示此地的重要。

抬头看,殿顶正中为八角圆形藻井,取天圆地方之义。戒坛分五级,主尊卢舍那佛,依次类推,有菩萨,有护法,有法器,所有造像皆为表法之用。

法以何兴?吾辈以谁为师?

本师遗言说:以戒为师。虚云长老留下一个字:戒。

明李开藻撰文说:"以不戒故,起种种心,乃至一切种种无状,不可言说,不可救药,展转坑堑,不可解脱。"所以筑戒坛"具诸神威,俾望而入者,肃然生惧。因惧生信,因信还觉"。

戒坛建得威严,确实容易让人敬畏。学佛经年,我亦深知这

● 承天寺,弘一大师举火的寺院

敬畏更来自对自己内心习气的觉察。当自以为善时，敬畏不生；当于安乐当中耽溺，忘记忧患时，敬畏不生；当只看到当下富足，观察不到前因后果时，敬畏不生……

了解戒，实践戒时，发现习性如野马，狂心不能歇时，扪心自问"你对自己是否实现了觉察和管理"时，产生的畏惧，真真切切。

戒坛建在大庙里，也建在自觉的人心里。那是进退有序的法度，是有自律需求的人一个安心的途径。

一个上午的走马观花，太多需要理解和消化的内容。我们仿佛贪心的孩子，在石塔前发呆，在古木下愣怔，只是舍不得离开。这里是明四大高僧之一的蕅益大师弘法之地，是近代高僧弘一大师开办南山律苑之所，遗墨遗风随处可寻……我只恨吾生也晚，而拜谒之路迢迢。消化不了的，只能待来年细品深味了。带着一丝憾意，我又坐到了拜庭旁的长廊下。

能看到多少？记住多少？领会多少呢？

我看见一只手和虚空的关系。

手能握住虚空吗？

不能。

只有投身虚空，化为其中，才会在一起的吧……

正意念纷飞时，安芷跑了过来。她欣喜地拿着朵红色的花来。

——是什么？

秋之月

● 开元寺的那一朵木棉（本图摄影：沐融融）

——木棉。我刚经过，木棉就掉下来了。噗的一声，溅起了地上的灰。

我捧起这朵木棉花端详，五瓣的花，桔红色，黄色的花蕊。虽已经掉落了，但色泽鲜艳欲滴，丝毫不见颓败之态。

——你去看过弘一大师纪念馆了么？

——去了啊，就是在门口有木棉树。

安芷好细心啊。我也去了纪念馆，竟忽略了那几株木棉。

在开元寺，桑树和榕树都有传奇可书，而南国惯见的木棉却与我擦肩。木棉是广州、高雄和攀枝花的市花，据说一年四季景观各异。春暖花开时，一树橙红；入夏，满枝绿荫；秋天枝叶凋敝；冬季越发枯寒冷硬。它开花时，并无绿叶，红花开放在秃枝上，干柴烈火般地引人注目。因其凋落时的决绝，人们也称它为英雄花。

有意思的是，木棉有一个别称，就叫作攀枝花。四川攀枝花市，原来叫渡口市，后来因为市内遍植木棉，而改名为攀枝花。

无论是英雄花，还是攀枝花，木棉在诗人舒婷笔下，是以树的形象，和橡树并肩站在一起的。它们的枝叶，在云间触碰，根，在大地中相逢。木棉的芯还可以做棉絮，粤人以之做棉服、被褥、枕头，"衣裁木上棉"说的就是木棉的温暖。

在弘一大师的纪念馆外，为什么会种有这样的木棉呢？

我不得其解。

然而木棉花的花语却是：珍惜眼前人。

眼前的是两位旅伴——安芷和她的同学林之。一路远行，我们三人相携，虽各有志趣，但因为都爱茶，由是结伴。在德化访瓷时，我执意要返回陶瓷街寻找错过的店铺，与她们道别后走了老远，突然发现她们俩依旧亦步亦趋地跟在后面。问她们鬼鬼祟祟作甚？她们笑嘻嘻地说怕我一个人走丢。

……

人在旅途，大千世界展开画卷，我们在饱览画卷时，有时候也会看见一己的孤独，但有时候会看见伙伴珍贵的心。

这不也是开元木上棉的一瞬温暖吗？

花界之旅·旅行贴士

1.开元寺,在福建泉州市。同期还可以参访承天寺和温岭养老院,以及清源山上的弥陀岩。此三处皆与弘一法师相关,承天寺是弘一法师曾经居住静修之处,亦有他圆寂之后举火处;温岭养老院(原不二祠)的晚晴室是他圆寂之处;弥陀岩有大师的灵骨塔。与开元寺、承天寺和弥陀岩相关的文字《山之南》,收在作者的散文集《空山煮茶记》里。

2.木棉的花期是3—4月。

米兰地消息[1]

米兰地并非是一所寺院的名字。它是厦门南普陀的一处静修之所，是济群法师常年居住弘法之地，因其门外长着一株米兰，而被我私下冠之以米兰地。

爱上喝茶以后，渐渐地被茶与茶器所殖民，习惯之下，第一句要问，这是什么茶？第二句要打听，这是哪里的杯子？

我这样的呆子，一段时间内眼里心里，只看得见装得下一样东西。有时候不能说执迷吧，但也是够一叶障目的。到了厦门南普陀，进得济群法师的清修地阿兰若时，习性驱使，问的第一句竟也是，这，这陶杯是什么地方产的？

师父笑，一个喝茶的朋友送的。很好吗？

色彩古拙，线条浑厚，自然是好的。

坐下来喝茶，又忍不住问：师父常喝的是什么茶？有好茶吗？

济法师拿出一罐花里胡哨的茶，是香喷喷的法国茶：这个怎

---

[1] 本文作为长篇散文《山之南》中的一篇，曾被收入到作者散文集《空山煮茶记》中。

么样?

我差点被熏了个跟头:哦……天呐。您随便舍点中国茶给喝喝吧。我不挑了。

他慢半拍地笑了。笑容有点得意。

其实,我没有想过要去寻访济法师。

很多人传颂的人或事,我都自觉不自觉地绕道而行。有时候想想,或是怕自己人云亦云,或是心里存着悲观的情愫——若没有真实的积累和进步,见了尊长,也是自惭形秽。而这一次,不知道为什么,竟硬着头皮问询了叶子师兄,她告诉我,师父正在厦门,可去参访。

和师父约了两点钟。

那闻名遐迩的阿兰若在一个茶室的后面,巨大的岩石之下,路尽头有一扇红门。

门前的几株树长得极茂盛,枝桠将门前路遮掩起来。

门旁的小窗,几根铁栏杆锈迹斑斑。似乎年久失修,又像是废弃的所在。

我来早了。

不敢叩门。

坐在屋外的石阶上,我默默地数自己腕上的念珠。

一阵微风吹过,拂动身后的树叶,引得一片花雨纷纷扬扬洒在我肩,我身,我发。自我来,到花雨落下,一直有隐隐的香在提醒着我的嗅觉。等到它们瓣瓣翩飞,我才看清,是细小的花

● 去阿兰若的路

● 花雨洒在我身，我心

朵。淡淡的黄色，还以为是桂花，拾起一朵来，放在手心，细细地闻，没有桂花的幽香厚重，是浅淡的清香，再去闻，味道就没有了。定睛去看，轮廓线条柔美圆润，好看的花儿，色香俱全，只是小，不易被看见。

出门访茶已一周，春天的铁观音，德化的月记窑，弘一大师的寂灭处，走过的路在叠加，膝上的伤在结疤，年龄在增长，面容已变成了大人，而我却还在找寻。突飞猛进的阶段过去之后，又有了凝滞时光。我来见多次不遇的法师，在这鼓足勇气的一刻，花雨缤纷，给予我一些些鼓励。

门是内锁，上面贴了告示，法师一手独创的书法，写着会客

● 济群法师的告示

时间。可以想见，以人们的慕名，法师的慈悲，若不留出清修空间，这里该会是怎样的络绎不绝。

驻足良久，门开了。

照片上和录像里的法师出现在眼前。他笑笑地，引我进门。

先是岩石下的一段路，有些黑，但有光漏下，并不觉得黑暗。岩下路并不长，很快就别有洞天，一个院落出现了。院子的一头是一所房子，另一边被巨石盘踞。

房前放着一张矮桌，桌后是一个大大的蒲团。

矮桌上一个笔记本电脑，旁边即是我打听出处的一把铁锈色陶壶，和两只拙朴的陶杯。

我坐在师父的一侧。

他去给壶加水。

师父背过身去时，长衣一角掖着，不平整，却飘逸着，别有一番随性和自在于其中。

一壶水在煮沸前，是我的开场白。自是讲述和师父擦肩而过多次。师父听着，笑着，最后来了一句：你点儿那么背吗？

我亦笑了。

他没架子。不威严。常常冒出些时下流行用语，恰如其分，游刃自如。

——六年来，我知道自己的问题。对潜藏深埋的习气爆发束手无策。初学佛时的勇猛减少了，对治自己的方法因为用得熟而失去了敏感。似乎抗体和药一起在增长。还有什么猛药么？我思忖着。

师父问我：你学佛主要做些什么？

我有些愣了，这从何回答呢？我说，看护好自己的心吧。拜佛念经持咒放生行善，都去做一做。

师父点点头，做这些都是不错的。不过为什么还会有很多很多烦恼呢。烦恼是因为有不正确的见地。见地正确，发心正确，会指导那些具体的事情。

——是的。开佛知见，检点发心，任何时候，都是最根本的事情。可是，为什么，凡俗生活，还是令自己苦不堪言呢？

师父反问我，什么是生活？

我愣怔着看他。

师父说：生活就是一大堆串习的组成。串习盘旋了太久，构成了生活的方方面面，我们进入串习，在其中怡然自得，不知不觉中就形成了固执。固执是我们内心的猛兽，它并非空穴来风，它是我们自己喂养大的。

我有些惊心。

每个人所建立的一切，难道不是带有个人的喜好、标识，乃至习惯吗？那些喜好是温床，是家，是休憩身心的所在。在这里面，我们长养自己的精神世界，难道说，在个人辨识度增强的空间里，一只难以驯服难以察觉的猛虎也同期长大了么……

再进一步思维：是凡俗生活令自己无奈，还是那只猛兽在作怪？即便离开所谓的凡俗生活，进入山林里，那只猛兽依旧会跳出来人我分别，会不耐烦，会不安于居众历练，对么？

猛兽是被惯出来的。

我们拿世上的糖果安慰自己的时候，那猛兽潜伏觊觎良久。

——师父啊。四无量心，慈悲喜舍。以前以为，最难做到的可能是舍。慈悲易行。可怎么学佛多年以后，发现慈悲也很难做到呢？见到可哀悯的人，这颗心能生起大慈悲，可对那些自己怒其不争恨铁不成钢的人，怎么生得起慈悲呢？

——不要勉强自己。在没有做好准备之前，不要自欺。慈悲心需要培养，人分三种，你爱的人，你厌的人，无关痛痒不爱不厌的人。从第三种人身上去修慈悲心。若从爱人修，容易偏执，若从厌人修，容易退转。只有慈悲心养护得壮大了，真的有力量了，才能用出来，才能真的给予别人慈悲。

师父浅白，准确，不责备，没有废话。

我也不敢过于苛责自己。尽管我清清楚楚地看见症结所在，看见症结带给他人的伤害，带给自己的迷惑，但我没有养护出那个真实的力量，如果我勉强去做，我会看到反弹，也会受到压抑。这颗虚妄的心啊。有那么多的无明被照见，却力不能逮。

初见，师不深究，但我心知，路途尚迢远，我若真想改观，就要真的实行。于不相干的，厌的，爱的人对境起修，一点一滴，真实不虚地修。如果我做得还不好，就不能再来见师长。

四点了。

厦门学佛小组的同修陆续来了几个,他们坐在廊下听我和师父交谈。

茶好喝吗?兰若居士?

师父问我的时候,我几乎要掉泪。

拿自己的心束手无策的我呀……成人以后却孤单恐惧的我呀……

我忍了忍,平静地说,好喝的。

● 茶好喝吗?

师父关切地看了看我,陷入了沉默。

同修们在身旁,也沉默着。

山风吹了过来,无上清凉。

我跟师父说起白光老法师的一把扇子。

那把普通的竹扇已经烂了,师父用伤湿止痛膏粘好。我去普陀山看老和尚的时候,向师父讨要了过来。

济法师听了,又笑了:你喜欢收集扇子啊?

他回身进屋,给我拿出了另一柄扇子。是闽东地区农村里的油扇。

一管竹子,用刀劈成细丝,然后用油纸浆糊住,扇柄就是竹管。

师父在扇面上题了字,正是:无上清凉。

他嘱我要系统学佛,不要只是停步于感性学佛,在教理上梳理清晰,会对自己的次第和阶段有切实的帮助。身后的一位同修听到师父提读本,就把手里的《广论》[①]相赠于我。那上面还有着她学习的心得和重点标记呢——一书一扇,是阿兰若的消息,我自当珍视。

要告辞了。

问济法师,这个大蒲团,您平时坐在这里打坐么?

他笑嘻嘻地,是啊。

什么时候打坐呢?

济法师望天,有月亮的时候。呵呵。月光正好照在蒲团上。

我忍俊不禁:啊。

这可真是个很文艺的法师哦。

记得有同修形容她第一次来阿兰若参访,济法师招呼大家吃饭时冒了句:好好体会吧,对着山,对着海吃饭,你们都第一次吧?

说法时的条理,日常中的小浪漫,不拘小节却又平淡慈悲,这个师父真有意思。

---

① 《广论》,全称《菩提道次第广论》,系宗喀巴大师所造,此论涵盖佛法三藏十二部,开显自文殊、弥勒经龙树、无著所传之深观、广行二门修习要旨,标出出离心、菩提心及清净正见三心要。

出门前,师父叫住我:兰若,到这边看看。

我跟随师父走到岩石的另一面,岩为屋顶,岩下石桌,桌上有茶。

桌旁有一眼井,上面镌刻着:甘露井。

济法师说,这是当年弘一大师喝的井水啊。他用这个水泡茶呢。

弘一法师于泉州圆寂,在南普陀教授传法,而济法师清修的阿兰若处,即是当年弘一大师的安居之所。

师父,我来的时候,在门外等了一会。有一树的小花落在我身上了。那是什么花啊?

我最后问了一句。

● 花雨是法雨,很吉祥啊

是米兰。花雨是法雨啊。很吉祥啊。师父还是笑笑地。门轻轻掩上了。

一地的米兰,香远益清。

花界之旅·旅行贴士

1.南普陀寺,在福建厦门。

2.米兰花期,4月底孕蕾,夏季盛放,花期可延续到12月。四季米兰全年开放四次。

看见牡丹莲,看见她

素贴寺的名字,最早我是从歌者央金那里听到的。她曾在清迈录歌,想找一棵开花的桫椤树拍摄专辑封面,但时节已过,古城里众多寺庙的桫椤树都过了花期。后来有人告诉她素贴寺有一棵老树,或许还有花开。于是,她前往,看见桫椤花的花瓣正片片落下。恍若温暖的摇篮,将她怀抱。

她描述得好美。

以至于朋友们要结伴前往泰国,行程中有清迈一站,我毫不犹豫地决定加入了。

去看看佛陀诞生时,佛母依偎的那棵树种,成了一种向往。

然而拾阶而上,我并没有找到桫椤树。

认得的有菠萝蜜、三角梅,其他的大树虽有泰文介绍,无奈语言不通,只好一一拍下照片,留待归来后对照辨认。

素贴寺离清迈车程近一小时,山并不高,路却蜿蜒。和国内许多在山上的庙宇一样,台阶下面满满当当是售卖土货和旅游纪念品的摊点。

● 牡丹莲

就是在这里,我看见了牡丹莲。

牡丹莲,是泰国的莲花品种之一,它有两种颜色,粉红色和青白色。和我们惯见的睡莲、荷花不一样,它的茎直立挺拔,花瓣繁复,乍看上去,有点像假花,捧在手里,才发现它有着一份精致的脱俗,像小一号的牡丹花,花瓣却不似牡丹那样单薄透明,属重瓣大型碗莲,重重叠叠的花瓣极为细密,花蕊是白色的。据说,牡丹莲开花后,花瓣在日落时仍不闭合,接连盛开好些天后,才渐渐凋落。外层花瓣褪去后,莲花的模样亭亭凸显。

就好像是牡丹的性情,莲花的心。

在泰国,这样美好的花,用来供佛。

成束的牡丹莲斜放在水桶里,在商铺里散发着清丽的气息。买一朵花还会附送三支香和两根黄色的小蜡烛。

我选了两枝绽开的莲花,一粉一白,另选了一枝白莲花骨朵。

进得寺院大门,看见阶梯前一双双脱下来的鞋。有旅游鞋、人字拖、凉鞋、布鞋……都是远道而来的人吧,离开了家,离开了亲近的人,在这里脱掉了相伴行走的鞋子,为的都是什么呢?

• 清迈的寺院

● 笔触细腻的壁画

也许没有什么理由,来了就是来了。跟着旅游团盲目地东逛西逛,或者自助游此地是必选之一。当然会有当地人常常许愿还愿,这是寄托他们心事之所。

我光脚走进围廊。

围廊的墙壁上是壁画。画的是本师释迦牟尼佛的本生故事,还有与素贴寺相关的国王和王后的故事——国王王后要将舍利子供奉起来,正发愁选址时,大象在此地驻足,于是建塔供养,这也是素贴寺的由来。转身看,即被金色的佛塔以及伞盖摄目。四面皆有金佛矗立。明光晃耀,金碧辉煌,在蓝天白云的映衬下,愈发显得华贵。

泰国的寺院,结构与我们汉地不同,庭院面积很小,塔,屋檐尖耸入云,院墙很矮。走在古城的街上,略微一探头就能窥见寺院的面貌。局促的空间里,佛与人等身,平视,而雕饰又极尽华丽。

走走停停,我进到其中一座庙宇里。僧人坐在一侧,专心看他的书。我以汉传弟子的礼拜方式礼佛,之后瞻仰佛像,之后悄悄退出。就在要离开的时候,我注意到了她。

她约莫30多岁,黑黑瘦瘦的。蓝色短袖,蓝色牛仔裤,赤足,黄色长发。在络绎的人群中,她俯身拜下去,久久不起。她几乎是匍匐在地上,像是要亲吻地面,而那地上霎时出现了密集的眼泪。

没人发现她。

有人自她身边经过,有人在她身旁匆忙礼佛,僧人还在看

● 长久的匍匐,是用来收泪的

书，佛像静静的。

良久，她抬起头，眼泪并没有挂在脸上，长久的匍匐，是用来收泪的。

我走到了对面的寺庙里。

一位僧人坐在禅座上。一些女子在他面前合十跪下。他持咒为她们祈福，为她们系上了白色的吉祥绳。他对我招手，示意我也上前，我伸出手腕，他系好，对我善意地微笑。僧人招呼我们这一群女子，围拢在他面前，他继续持咒，将手中的竹刷伸向一个水瓮，然后向人们遍洒。水落在我的头发上，衣服上，脸上，我看见自己的眼泪，也出现在地面上。

她也来了。

僧人亦为她祈福持咒，给她的手腕上系了吉祥绳。

她的身子前倾着，神情充满了渴慕和隐忍，她不发一言，努力地忍着，忍着。

我躲在柱子后面悄悄地端详她。

她拜佛拜得好认真啊。没有言语，没有倾诉，只有努力忍耐的身姿和表情。她走出佛堂，坐在金碧辉煌的殿外。殿外人群依然络绎，有人在摆出pose留影，有人茫然四顾，心不在焉。她坐下来，小心地整理着那根吉祥绳，仿佛在整理着她的心事。她那么认真，那么专注，好像周遭陷入了宁静。她有什么样的愿景和苦痛，无从知晓。

- 来庙里的人,有什么样的愿景和痛苦?

我理解她。

我悄悄地看她,就好像看见我自己,也好像看见很多很多的人。

我们都曾避开亲友,混迹陌生人群,走在与自己不相关的热闹里,独饮一杯属于自己的人生滋味。在这圣殿,有热恼有悲哀的众生,簇拥着交错着的众生,咀嚼着各自不幸的众生,鱼贯出入。那不幸其实有着同一个面孔,叫作无常:好时光要么迟迟不来,要么稍纵即逝;生命担子太轻不可承受,担子太重又承受不起；爱着的得不到，得到了怕失去，失去的不再来；恻隐和损耗轮番折磨着忍耐已久的心……生老病死，爱别离，怨憎会，求不得，五蕴炽盛……人间八苦，佛陀已说尽。

她正在经历的，是哪一段煎熬？

一位女老师领着学生们循序而入，她们每个人手上都有一支牡丹莲。孩子们在老师的带领下礼佛祈祷，他们有的认真仿效，有的东张西望。小孩子的脸都是那么地纯净，不识愁滋味的年纪让佛寺多了一份天真。老师却专注虔诚，合十的样子隐藏着许多愿景。

在佛塔周围，有一条窄窄的水泥路，佛弟子们顺时针绕塔三匝。他们手里拿着印制的经文，微微垂目，缓缓而行。

在素贴寺，虽然我看不懂那些经文，但我知道，那也是佛的语言。那是佛告诉苦恼人的解脱之路；在素贴寺，我不知道流泪的她，祈福的她，排队接受吉祥绳的她，有着什么样的故事，但我知道她们和我一样，经历一样的困惑，来到这里。

在素贴寺，我没能认出桫椤树，但我遇到了牡丹莲——

虽然这莲花和我熟识的并不相同，却也是开在荷塘里，长在污泥中，它的花朵是一样的洁净芬芳。如同我们的烦恼，样貌万千，佛性却是同一的。

我怎能不知？

人都是因为知己，才慢慢地知人。

我看那个女子的时候，又有谁在看着我？我们躲在自己的墙

● 莲花的样子繁多，佛性却是一个

● 人因为知己，才慢慢地知人

角，默默注目着共同的悲哀。愿我的沉默不要成为打扰，悄悄的注目带去一份祝祷：如那普洒的甘霖，能滋润我们自以为孤独的心——在解脱的路上，其实，我们从不孤独……

花界之旅·旅行贴士

1. 素贴寺，又叫双龙寺。在泰国清迈素贴山上。同期可去游览的是山顶的蒲屏皇宫，那里是泰国皇后的花园，对公众开放。清迈，人称"泰北玫瑰"，古兰纳王国所在，拥有上千座古老的寺院。

2. 牡丹莲，四季都会开放。即便是在冬季，亚热带的清迈，也是繁花盛开。

蝴蝶芙蓉黄檗山

黄檗山的黄檗禅寺，是我们这次江西宜春禅宗祖庭之旅的第二站。

从宜春市向宜丰县走高速，路上几乎没有车，很难想象这是十一长假。或许我们规划的行走，真的是"少有人走的路"吧。

从去黄檗山的出口出来后，我们走上了一条已经被大车辗轧得坑洼不平的水泥路。路高高低低，蜿蜒曲折，虽然窄，但因为没车交汇，倒也好开。很快，4G信号也没有了。竹海替代了手机，心终于可以不再外摄了。

峰回路转，仿佛是唐三藏带着弟子们走着走着，眼前突然就出现了一座掩映在山川里的大庙！

庙显然是新修的，巍峨熠熠，红色和金色的经典搭配，远观时确实有雄踞大山怀抱的感觉。待到走近，却令人十分惊讶——竟是座空庙！

门上上着锁，草长莺飞，木芙蓉在烈日下静静绽放。

大雄宝殿前架着一个梯子，唯有深一脚浅一脚才能走到跟前。往殿里看，也是空的。山门里停着一辆灰尘满面的吉普，看这样子应该是还没建完就停工了。

花 * 果

● 芙蓉静静绽放

● 雄踞大山的庙竟然是空的

黄檗希运禅师，是福建人，在百丈山学修多年后来到黄檗，因为这座山貌似印度的灵鹫峰，曾有梵僧名之为鹫峰。希运禅师来后，觉得很像他故乡的黄檗山，就又改名为"黄檗山"。据说他住山的时候，"四方学徒望山而趋，睹相而悟，往来海众常千余人"。黄檗也因此成了禅宗的大道场。

他座下的弟子义玄，修习多年后开创临济宗，宋代日本僧人来华学佛，临济由此传播日本，如今已有门徒500万之众。希运禅师的弟子还有一位帝王——唐宣宗李忱。宣宗即位前，被唐武宗尊为"皇太叔"，但备受猜忌，为避祸出家，随学黄檗希运。师徒二人曾同游山上瀑布，希运禅师突然吟诵道："千岩万壑不辞劳，远看方知出处高。"李忱立即接对说："溪涧岂能留得住，终归大海作波涛。"一、二句，禅师在谈佛法，三、四句，弟子在言志向。

其时情景，就在这眼前的大山里，我们伫立于此，仿佛历历。

荒废的巍峨带出来一丝荒诞。像不真实的场景，又像一个寓言，让人觉出莫名的震撼。就在我们在荒庙前徘徊的时候，走过来一位村民，向他打听，他说，这里有修行人，就在后面的那个水泥房子里。

于是，去找……没想到，更震撼。

我们顺着寺院旁边的一个坡走到了大庙的后侧，非常残破的

● 油漆桶里插着燃尽的香　　● 这里有修行人

● 简陋的大殿

一间水泥房子,有两个门,路过第一个门的时候我们向里面看了一眼,似乎有人在桌边喝茶,有居士走出来问,从哪里来?有没有吃饭?

我们一早出发,抵达黄檗山已是中午,附近村子看起来与外界交往不多,也没有饭馆小卖部……一个年长一些的阿姨居士对我们说,吃面可以吗?

桌旁有两位师父,还有一位泡茶的居士。我们说先去拜佛,再来叨扰。

于是,去了第二个门,门上方挂着匾,篆书写着"黄檗禅寺",一侧还立着一个废弃的油漆桶,桶里插着燃尽的香。进去以后是一个简陋的大殿,一个四五岁的小男孩儿正在拜佛,他发现我们以后,马上害羞地跑了。

大殿是按照大雄宝殿的布局来摆放香案、蒲团的,用具虽破旧,却很干净。房梁上有几片瓦缺失了,阳光刚好从那里漏下来,照在殿内,仿佛一道圣洁的追光,让人看了心里有说不出的安稳。在大殿右侧的地上,还立着一块说明,讲这一面残墙和寺基就是当年黄檗禅寺的遗迹,除此之外,寺院早

● 阳光漏下来,有说不出的滋味

● 厨房一角，破旧却洁净

● 最辣的辣椒

已在岁月山河的沧桑中湮没了。

这时,老居士叫我们去厨房吃饭。厨房也是残破而洁净。灶台旁边是柴火,一个圆形的餐桌就放在场地的中央。老居士煮了面条,炒了三个菜,笋子、豇豆和辣椒。

都说江西人的辣椒是全国最辣,湖南是香辣,四川是麻辣,而江西是单纯的辣。一路上我们领略了剁椒泡椒小米辣,直到黄檗禅寺的这盘豆豉炒辣椒,才终于明白名不虚传——30度的天气吃得发根儿都滴了汗。老居士说,这些菜都是师父种的。

及至我们在茶桌旁坐下,两位僧人中的一位要告辞,我们才知道留下来的这位,才是黄檗禅寺的看庙人——心空法师。师父告诉我们,寺院在重建的过程中,因施工方的质量不过关等原因被迫停工了,迄今已有两年。他之前一直在洞山祖庭,从那里调到这里来,待了10年。这10年里,也有不少人来过,但都是来来去去,待不久。

真清净就待不久吧?我问法师。

师父笑了。

心空法师介绍说,现在的这间水泥房,还被村里当作过大队部,目前左边一间是大殿,右边是茶室(所谓茶室,也是在简陋的房中放了一张木桌,用来喝茶待客),楼上是寮房,一楼有居士们暂住的房间。

泡茶的居士说,他们都是宜丰县的,常来这里看看师父,帮帮忙。以前师父在洞山的时候,也是一住住了十几年,后来洞山复建祖庭，有法师来接管，心空法师就被派到黄檗来。山里条件艰苦，最早也不通路，这里的村民们没什么信仰，师父就发个心，说祖庭要有人守，祖师塔要有人看护，没人做这个事儿就他来做。平时就法师一个人在这里，这么多年他严格按照戒律作息，凌晨4:00起床，然后一个人在大殿上早课，上午8:00出坡劳动。

心空法师这一待就又是10年。在洞山认识了他的居士们，就也发心来帮助师父。

师父跟我们说了近三个小时的话，有他几十年的游历，有他对用功的见解，绵密实在。看师父条件艰苦，我们也不知道能做点什么，说给常住的师父和居士们供个斋吧！师父说你们随心吧，这里并不需要钱，寺院停工不是因为没有钱，而是各种因缘还不具足，不具足就不必着急，只需要自己做好分内事，水到了渠就能成。你们知道禅宗是马祖建丛林，百丈立清规[①]吧？清规是什么？是戒。是一日不作一日不食。是自力更生，广结善缘。度一切有情众生，积累人看得见和看不见的德行，你做到了，因缘就会具足。真修行的人，一分钱都不需要。龙天护法会看见。

---

① 马祖道一和百丈怀海是师徒，他们开启了禅宗丛林规章制度的中国化，为禅宗的发展奠定了经济基础。马祖道一是怀让禅师的弟子，他觉悟后前往江西开元寺讲法，以"平常心是道""即心即佛"大弘禅风。禅法传入之初，禅宗僧侣大多栖住于律寺，时间长了，龃龉丛生。马祖道一便在荒山另建禅寺，作为禅僧安顿的地方，他一生建有禅宗丛林48座。而百丈怀海禅师承继马祖一门下，他立下一整套系统的禅宗丛林规矩，制定出典礼仪式、坐禅方法、禅院生活规范、寺院经济自立自助等行为准则，倡导"一日不作一日不食"的农禅并举生活。"百丈清规"一经确立，就成了中国禅宗的一面旗帜，从而有别于同时代印度的僧侣乞食制度，他们师徒俩的贡献，是禅宗发展史上的里程碑

• 师父的作息表

会有人帮助。

其实法师的作息表,我们在厨房吃饭的时候已经看见了。那上面写着"黄檗禅寺日常作息时间表"。

一寺一僧,一人做到了修行本分,整个寺院因此生辉。

一时无言。

我们喝的茶条形萧索,有红茶的味道,另外,也带有些微的花香。

这是什么茶?叫什么名字?我问法师。

师父笑答,无名,自己种的,简单地炒了炒。

好喝。青石说。

问了师父黄檗希运禅师的舍利塔所在,我们要告辞了,师父给我们揣了祖庭的红杉树做的念珠,居士们做的土特产,还有一本禅师的书。

希运禅师的舍利塔不在寺院旁边,要走出去有两三里的路

● 师父自己炒的茶

● 大庙残屋，一样巍峨

程，山上有希运塔，还有壁朗、夙有两位祖师的合葬塔。山上异香扑鼻，一路上有无数蝴蝶翻飞引路，让人不由得有些动容！我们在黄檗希运禅师的塔前拜谒，绕塔而行时，秋天的阳光暖暖地照在身上。

他是马祖道一的徒孙，百丈禅师的弟子，面有异象，傲岸不羁，"棒喝"即是他的发明。三声棒喝，截断学人纷杂妄想，耳虽聋心却明，唐代名相裴休向他问法，后整理成为传世之作《传心法要》和《宛陵录》。他曾有言：语默动静，一切声色尽是佛事，何处觅佛？山河大地，日月星辰，总不出汝心。三千世界，都是汝自己，何处有许多般。若学道者不即不离，不住不着，纵横自在，那么行住坐卧，语默动静，皆为道场。

是的，在这样的道场里，我们尝到了最辣的辣椒，喝到了最野放的茶，没有任何寒暄，不带一丝雕饰，大庙残屋，心内心外，一样巍峨。

花界之旅·旅行贴士

1. 以江西宜春为中心，仰山有沩仰宗祖庭仰山栖隐禅寺；向北有九峰寺、黄檗禅寺、洞山普利禅寺、百丈山寺；向东北方向，有宝峰寺和云居山真如禅寺；向东南有青原山净居寺。赣东还有曹山宝积寺。

2. 10月，是芙蓉、桂花、珍珠梅的花期。

冬之雪

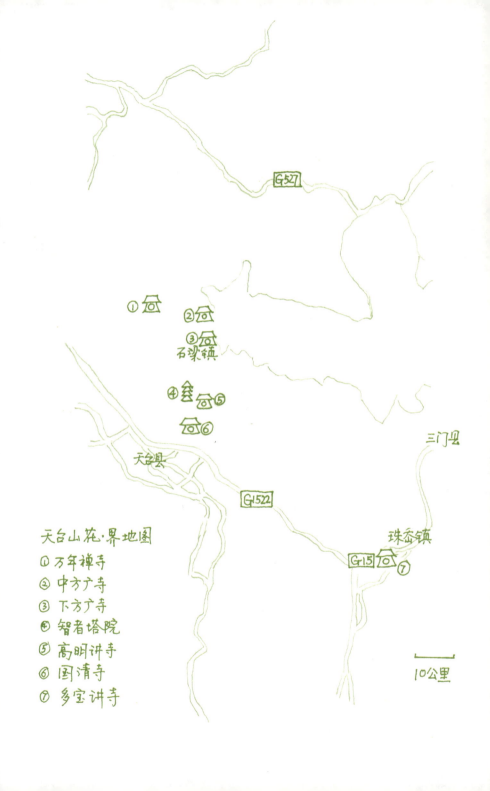

隋梅知人心

———— 1. ————

走上去往国清寺的路，我的心已经咚咚咚跳了起来。

很难解释这种感觉。仿佛不是前往，而是回家。回到很久很久没有去过的老家。心里怀揣的，竟是一丝久别重逢时的忐忑。

城市风景被远远地甩在了身后，长途车也不见了。除了我们的衣着还带着现代人的痕迹，眼前所见，恍若穿越回隋唐岁月。

满目苍翠，绿意扑面。走在路上，四方世界一派静寂。正午的日头热烈地照着，有汗珠自额头而下，啪嗒一声碎落在草丛上，令一片嫩叶难承其重，摇曳欢歌起来。

就是在这个时候，我看见了隋塔。

这是我见过的最苍劲最芳草萋萋的塔。

它如此衰老，完全裸露。砖砖相砌，蓬草层层。

但它并不衰败，那些枯黄的草中间分明冒出了新绿，在5月的浙东迎风拂动。

它叫隋塔。顾名思义，建于隋朝。黄褐色的塔身，空心，砖壁，壁上佛像逼真生动。奇怪的是，此塔无尖。据说进得塔内，可以仰望蓝空。

无塔尖的隋塔自然有许许多多的因缘传说，我倒不关心那些典故，只有一种置身昨日的恍惚于此刻充满心胸。若无此塔，我缘何能亲身感受到时间的不可思议？顺流而下的时光，被物化成如此斑驳的面容。

微风吹来，闭目仰头，领受慷慨阳光的轻抚。有那么一瞬间，我甚至担心，就是这样的和风细雨，是不是都会让那老塔轰然倒掉，不翼而飞啊？但睁开眼睛，它巍巍而立，自有大方，自有尊严。

2.

国清寺是大庙。佛教史上赫赫有名的高僧与此庙结缘的不少。

还没进山门，"一行到此水西流"几个大字在古木间掩映而出。唐朝天文学家一行法师为修编《大衍历》，曾远行至此，向国清寺的达真和尚学习算术。

国清寺门前有两条溪流，一清一黄，于石桥前交汇。据说一行从长安背着行囊一路跋涉，到得此处时，正逢暴雨倾盆，东涧山洪浩荡，西涧却流水潺潺，两涧相遇，西涧回流。瞬时，一直苦于参究天象而不得的一行若有所悟。

也有一说，达真和尚未卜先知，对侍者说，若门前溪水西流，即是我的弟子来了。一行到时，恰遇双涧回澜奇观，与达真和尚的预言相应。达真和尚以此激励大众说，一行为学新知踏遍山河，不远千里，如同这溪流，蓄水至满而终有纵横开阖之日。

后来过了两年，一行果然修编成功，52卷天文学巨著《大衍历》问世，从此沿用了八百多年。一行也因此彪炳史册。

进庙之前，有一亭一桥。亭子唤作寒拾亭，桥即是丰干桥。这是史上三个非常有趣好玩儿的人物。寒拾指的是寒山拾得两位和尚，丰干是另一位和尚。他们三人同时代，忘年交。丰干年长二人几十岁。丰干在国清寺是个舂米的师父，齐发，背布袋，白天干活，晚上写诗；后来他捡了一个弃儿，起名叫"拾得"，也成了和尚，专事洗碗；寒山最早身居寒岩，常到国清寺讨饭，后来在寺里烧火。这三人皆是诗僧，人称三贤。他们言行怪诞，不拘一格，却句句在理，一针见血。"寒山问拾得"的一段问答，彰显学佛境界。寒山诗也自成一体，流芳于今。丰干更是指点来人礼贤二僧，如同礼贤文殊普贤一般。

三贤之外，还有济公和尚与此地因缘殊胜。天台山是济公和尚的故乡，他在国清寺皈依，有了法号。离开天台后，受戒出家。后来一反常态，浮沉市井，喝酒吃肉，疯疯癫癫。却又救死扶弱，惩恶扬善。让人莫名其妙，莫辨其心。有些僧人向收留济公的灵隐寺方丈慧远告状，慧远法师说："佛门广大，岂不容一颠僧!"故而又人称济颠。

慧远圆寂后,颠僧失去依祜,转到净慈寺为人念经,兼作火化工。他诗文俱佳,每写一篇疏状,临安满城争相哄传。曾有《把火文》写到盖棺定论,促人恍然觉醒:今朝归化时临,毕竟有何奇特。仗此无明烈火,要判本来面目!

这和尚虽不按常理出牌,却被后世尊为禅宗第五十祖,杨岐派第六祖。更有天台山的古方广寺五百罗汉堂,在济公出生时,第17尊罗汉(降龙罗汉)倾倒,人们由此认定济公由降龙罗汉托生。他救度人心一世,深得人心千秋。

……

这样的几位大菩萨,都与国清寺密切相关,更让人对寺院的清奇大气肃然起敬。

及至来到国清寺山门,又是一番考验。

与诸多传统寺院不同,转过寒拾亭,迎面所见的是一面明黄色的照壁,壁上题写着"隋代古刹"四字,而古刹山门却未见踪影。过丰干桥,向东数步,一扇木门赫然出现——这竟是山门!进山门后转直弯,甬道两旁竹林茂密,浓荫蔽日。到第一重殿弥勒殿,豁然开朗,国清奇观宛如画屏初展,让人欣喜不已。

一般寺院坐北朝南,山门朝南开。而国清寺的山门不仅小,且朝东开。山门与弥勒殿之间是一条幽深的甬道。似乎这些一反常规的建筑布局,也在诉说着祖师们的苦口婆心。一门深入,另辟蹊径,教观总持,也到得法华会上,得到解脱!

出其不意之处即是深心独运之所。

这是隋朝高僧智者大师①的开山祖庭,是天台宗祖庙,雄奇壮观却又隐其毓秀。或许人如其景,自智者大师之后,国清寺涌现出那么多不拘一格的僧宝,也是应机而生的因缘吧。

3.

第一眼看见隋梅的时候,我几乎要忽略它。

我坐在六角梅亭里歇脚。两位老者正在低声笑谈。见我劳累,问道:从哪里来?我说北方。又回问:您二位呢?他们笑指对方:都是这里的。灰衣老者神色清朗,祖籍天台,曾留洋海外,在上海工作多年,如今叶落归根,来国清寺帮忙做饭;蓝衣老者瘦小矍铄,是邻居,常来这里谈天说地。

我心里暗暗吃惊。

若不是他们说起过往,又怎能看出来路茫茫。

偏巧又是一对做饭的火头和火头的邻居!和当年的拾得寒山多么相像……

正在胡思乱想之际,灰衣火头问我:看见隋梅了吗?

我摇头。

他们又笑,回身一指。

于是,1400多年前的那株梅树终于映入眼帘。

---

① 智者大师,智𫖮,中国佛教天台宗的创始者。隋朝荆州人。奠定天台宗教观之基础,强调止观双修的原则,成立一念三千、三谛圆融的思想体系。因隋炀帝授予他智者之号,故世称"智者大师"。

我刚才看见过它啊。

一株几乎要破墙而出的老树！主干苍老虬劲，簇簇绿叶在墙外的新枝上跃动。红墙青瓦下的确写有"隋梅"二字，只是因为采用阴刻手法，加之灰砖色淡，不易发觉。正值5月，已过花期，据说每年隆冬时节，白梅朵朵依墙绽放，梅花幽香沁人心脾。

这梅树是智者大师的弟子灌顶禅师亲手栽下，他是国清寺的第一任住持。智者大师创立天台宗，曾受启发要建一所寺院，言之"寺若成国即清"，后来心愿未了撒手而去，成为遗憾。在当时的晋王杨广支持下，开始起修，寺成之后，已成为隋炀帝的杨广赐匾"国清讲寺"，灌顶和尚种下了白梅，以志纪念。

千百年来，白梅花谢花开，迎来送往，见惯了兴衰演变，看尽了世态炎凉。老树通天地，知人心。据说"文革"期间，毁庙大火也几乎要殃及国清寺。隋梅一夜之间萎顿枯黄。后经周总理加急电文批示，说国清寺不仅是古庙文物，更因为此处是日韩天台宗的发源之地，涉及外交，不可擅动，国清寺幸免于难，而隋梅竟也因此奇迹般地起死回生。有多少次，座座庙宇毁于战火人祸，而又有多少回，它们在废墟上重新屹立翻修。在劫难逃时，梅花与庙宇共存亡，正法不灭花不灭，天台宗的湛然大师曾说草木瓦石无情有性，佛性一样含藏在其中。白梅护法，不就是一个绝佳的例证吗！

● 据说每年隆冬，白梅绽放

　　我想象着在这山中，每年隆冬时分，游人稀少，师父们专心用功，一日北风呼啸，大雪纷飞——明黄色的院墙，青苔绿的桥，檀木灰砖的庙，雪跳上了枝梢，开作白梅。

　　唉。那该有多美！有多美啊。

　　回转到梅亭，想去和两位老者道谢，老者行踪杳杳，空留一间小亭。

● 草木瓦石，无情有性

---------- 4. ----------

　　在天台，常常看见日韩信众捐建的碑或匾额。

　　国清寺的松林深处，就矗立着"南无妙法莲华经"的碑刻。那是1980年，日本天台宗为报祖师之恩，在这里兴建了智者、行满、最澄大师的显彰碑。其中，行满和尚承接天台法脉，传法于日本来的最澄和尚，最澄归国后创立了日本的天台宗。

　　1995年，中韩天台宗祖师纪念堂在国清寺也正式落成。在智者大师的年代，就有新罗僧人来求法传法。至宋代，高丽国师义天来华学修，他巡礼了天台山智者大师塔，发愿"承禀教观，他日还乡，尽命传扬"。义天身为皇子，少小出家，圆寂时仅47岁，但他大力弘扬天台宗，皇室及信众对他十分尊崇，他对韩国天台宗乃至佛教产生了巨大影响。

一句"南无妙法莲华经"，漂洋过海，在他国生根发芽，枝繁叶茂。

忆及起初，智者大师参学《妙法莲华经》①（简称《法华经》），入定后发现自身来在灵鹫山中，亲见佛陀讲法，灵山一会，俨然未散！

大师的修学经历，给了多少后来者以鼓舞！若能修得法华三昧，就能了知时间的真谛，过去、现在、未来没有划分，都在"一时"。划分是人为的规定，我们实际上就在佛陀讲法的那一时，同在！

后大师创天台宗，以《法华经》为主要教义根据。又有一说，国清寺的第二重殿，雨花殿的由来，就是讲当年智者大师开演《法华经》，突然天上降下花雨，花瓣洒落在听者讲者的身上，极尽华美。

《法华经·方便品》曾有言，舍利弗请法多次，佛陀默而不

---

① 《妙法莲华经》，简称《法华经》。

• 雪落梅开,你做好准备了吗?

宣。佛陀说有人阶段未到，听了反而触扰，不如不听。此话一出，有四众弟子五千人退席。佛陀并不阻止。之后才正式开讲。当时初读此段，心里很是震动。不对机者不言说，不到阶段者不听法。这是佛陀的慈悲和智慧。

天台宗由智者始，是汉传佛教十三宗之一，亦是中国佛教最早创立的一个宗派。如同它的建筑格局，山门虽然另向而开，三重殿却是南北方向，与传统格局殊途同归。这是另一条接引的道路，由此小路而深入，层层递进，一样来得正法面前！

而此庙多位应现的菩萨，无论是天文巨擘一行，还是诗文棒喝并举的三贤，以至于放诞不羁的济公活佛，都似乎在印证着条条大路通罗马，此路亦畅通的道理。我们于此尤其要知觉的是，不要因为和我们常见的不一样，就误以为此路不通，甚或批判。再看一看，再等一等。看看自己能否穿过表面的迷雾，看到机锋；等一等自己的智慧，让它成长到足以理解和看透，再来做出客观的判断。

站在智者大师的殿堂里，只我一人，殿堂尚未完全建好。殿内大师像栩栩如生，殿外草长莺飞，生命的气息如此强烈……若时间并不存在，平行空间一直在等待着我的穿越……做好准备，粮草富足，远途只需要一跨足——雪落下，白梅开放，智者大师不语，佛陀正在演讲妙法莲华，而我，恰巧悄悄默默，经行此地，落英撞它个满怀！

花界之旅·旅行贴士

1.国清寺在浙江省台州市天台山。天台山辽阔壮大，深入多日也会觉得时间不够，同期可以参访的有中方广寺、下方广寺、高明讲寺、万年寺，以及智者塔院等，皆应前往。与中方广寺相关的文章《茶僧有如披头士》收在散文集《空山煮茶记》中；下方广寺与中方广寺之间，是著名的石梁飞瀑，瀑布上是中方广寺，瀑布下即为下方广寺，下方广寺是弘一大师曾经闭关之处，关于它的文字《洛迦转经路》收在散文集《莲花次第开放》中。

2.白梅，每年2月开放。雪中白梅，可谓清高！此外，天台山的云锦杜鹃，每年5月，漫山遍野争相竞放，是天台山盛景。

3.力荐天台山云雾茶，与庐山云雾茶相似，"味浓性泼辣"，如果5月份去，力荐台州的枇杷，与苏州东山的白玉枇杷不相上下。

白
云
沧
海

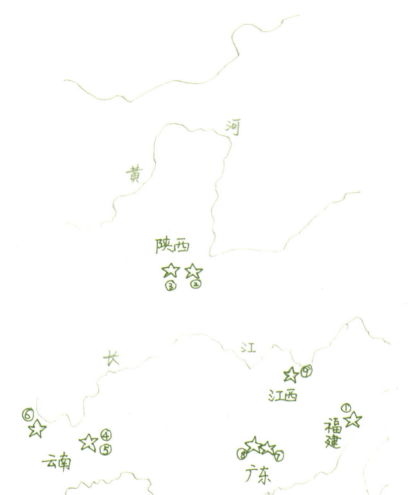

白 云 沧 海

云居山怀远

云居山,在江西省的中部,因虚云老和尚生命中的最后六年在这里度过而闻名。这里还走出了德高望重的一诚老和尚。

这一年①的春天,相识的师父从山上归来。他给我带来了云居山的消息。他说,此处甚好,不可思议!我越发地向往。

夏初,我踏上去往江西的路。

江西,湖南,禅宗兴盛时,僧人们往来于长江两岸名刹,始称跑江湖。

我也踏上了"跑江湖"的路。不知道能看到怎样的风景。

这座山唤作云居山。山中还有百花谷。百花之名,名不虚传。正是5月,春夏之交,山花烂漫,漫山遍野。沿着山路走,看到南昌来的学生们,在老师的带领下正在辨认花种。

云居山山形仿佛一朵莲花,其平原地恰似花心而得名莲花

---

① 这一年,指2004年。

• 云居山里，还有百花谷

• 云居山大山门

城，千年古刹——真如禅寺就坐落在山顶莲花城内。一路上山，看到有许多散落在山间的茅棚，离公路不远，但却深居简出。游人不多，翠竹掩映。

到了大山门，我和同伴青石下了林场工人的车。山门的对联映入眼帘："到这里不许你七颠八倒，过此门莫管他五眼六通。"待到我再走近些，突然看到了屏息禅坐的僧人——两位法师一左一右，坐于木凳之上。他们端坐，肃然，双目垂下。我有些惊讶，也有些敬佩。路过的时候，向他们合十行礼。一位师父微微抬眼看了我们一下，轻声说：买票。

我们不禁莞尔——原来这两位师父负责收门票，无人时在兀

● 门神师父

自用功。

过了大山门,是非常辽阔的一片田园风光:一面像湖泊一样的放生池横亘眼前,两侧的道路蜿蜒着,花香随风飘送,柳条轻轻摇曳,太阳照在肩脊上,有一丝丝的暖意。放眼望去,莲花城三面有山坡围绕,大山门方向平坦而遥远,形成一个如同怀抱般的景致,徜徉其间,有说不出的安适。而那三面山坡上,俱是稻田。

不知道农禅并举,自给自足的禅门遗风于此是否还在延续?

正思忖间,一位戴草帽的僧人与我们擦肩而过,他肩上扛着

● 农禅并举,自给自足的禅风

一把锄头……

我们朝山，每一座殿堂都要拜到。只见古朴的庙，廊下的柱子，斑驳的墙面，处处都贴有话头：念佛是谁？

路过厨房，看见几位穿着极朴素，打着补丁的老和尚，他们竟也在忙活着。看见我们行礼，老人们眼神里有笑意。

问过客堂师父，因禅寺是大僧师父的庙，我是女众，需要等待来客中有女众，超过两人才可留宿。

这是戒律，在此得到贯彻。

非节假日，上山的人少，要等到女伴，看来没什么可能了。

虽小有遗憾，但也无妨。

告辞出来，已是黄昏。放生池里倒映群山，蝴蝶和蜻蜓比翼。再走到大山门，啊，那两位打坐的师父岿然不动，眼观鼻，鼻

• 虚云道风，可见一斑

● 用功的僧宝，怎能不给人信心？

观心，进步与退转，一切自知。

  这是虚云老和尚驻锡的庙子，一诚老和尚也自此处出山，中国三大样板丛林①之一的所在，二位门神师父，即是旗帜。两天之内，我们先后出入大山门三次，他们都在，笃定，澹泊，垂目低眉，收摄心神。从师父的无心垂范中，我似乎能看到当年自律的虚云道风。这样用功的僧宝，让人怎能不生出景仰和信心？

---

① 三大样板丛林，1989年，中国佛教协会评选出中国三大样板丛林，即江西云居山真如禅寺、福建莆田广化寺、苏州灵岩山寺。广化寺长于佛教教育；灵岩山寺是净土宗的样板丛林，印光老和尚道场，道风严谨；真如禅寺是禅宗样板丛林，虚云老和尚的"农禅并举，冬参夏学"的宗风，包括丛林制度在此都完整地传承下来了。

大山门的左侧，是虚公塔院。里面有两位师父看护。去时正有一位师父在绕塔，我们开始拜的时候，他悄悄地走开了。看来此处皆是内视，向上一路的境界。你尽可以旁观，打量，照镜子，互不干扰……不必提问了，置身其中就能得到启示。

真如禅寺和虚公塔院，秉承着虚云和尚悲心、简朴、向内而求的风范，建筑上非常素净，没有更多的雕饰和装潢，一切都返璞归真。如果说气场，那么这沉静而不死寂、大气而不张扬的玄色、木色、青灰色，便是了。老和尚的舍利塔在此，塔碑下方是他那张著名的照片。瘦削，垂目，蓄须，蓄发。想起净慧法师说的——虚公一生照相没有露过笑容。为法肃穆，为众生担忧。或是对虚云和尚的注脚。

来云居山之前，我看过虚云老和尚的云居岁月的一些介绍。老和尚游历经年，在云居山茅棚住下，不久之后就率众开垦荒地。有近百名出家众闻讯而来。第二年，师父主持成立"真如禅寺僧伽农场"，将僧众分为农林和建筑两队。农林队开春即事开垦，辟出水田数十亩，旱地十余亩，当即下种，秋天收引稻谷数百担，旱地所种红薯也获丰收。建筑队挖土烧砖，具炉铸铁瓦，年内二层楼铁瓦砖木结构的藏经楼告竣。百丈家风，农禅并举由此弘扬。在修习佛法方面，师父更是不遗余力，寺中悬挂沩仰宗钟板，每日早晚上殿，坐香习禅。每年夏讲经，冬禅七，创办"佛学研究苑"，培育僧才。到1957年，寺内实现粮食自给有余，每年产竹木和茶叶也获可观收入。1959年初，身体日渐衰弱的老和尚谆谆告诫自己的侍者，今后如有把茅盖头或应住四方，须坚持保守此一领大衣，但如何能够永久保持呢，只有一字曰：戒。师父留下遗嘱说，身后骨灰与食物相糅合，做成饭团，撒入水中，与水族结缘。之后圆寂，世寿120岁。人称百年虚云。

　　这一段岁月，每每读之，都非常震撼。如法，守戒，自力更生，为法而来，慈悲众生。这样的一生，让人觉得不荒废，不虚度，扎扎实实。

　　云居山深林茂密，松杉楠樟，郁郁葱葱。这千年的古刹，由唐道膺禅师初建，赵州和尚行脚，虚公复兴，小山门上刻着：天上云居。而山谷溪畔的花朵，恰逢竞相开放之季。樱花刚刚开

● 天上云居，繁花开遍

过，杜鹃正娇艳欲滴。八瓣梅翁郁芬芳，小雏菊俯仰即是。我并不能一一叫出她们的芳名，却为其于幽谷中无人自芳的风骨而动心。就在这些山水中，佛印和尚、苏东坡、黄庭坚曾徜徉其间。有人在这里种茶，有人在这里闭关，也有大队人马游览过境。是一颗什么样的心，为着什么样的缘由来这里，百花为证。

夜深了。我入住山中唯一的宾馆——淡季时无人，在山腰之间。迷迷糊糊入睡后，不知道过了多久，耳边似乎有法鼓遥闻。我睁开眼，天还没亮，指针指向凌晨三点。鼓声不急不缓，劲道十足，拉开窗帘，有月孤悬，皎洁而又庄严。继而传来梵唱。嗯。真如禅寺的早课，于这夜与昼的轮替间开演。法界的众生，六道里挣扎的族类，有心驻足聆听的人，于这一刻俱屏息。

天光大亮后，我和青石再度登山。进门后，听到大众在唱诵的声音，心中诧异，因为在半夜，我们都听到了晨钟和朝时课诵。这是上午的时间啊……原来是结夏安居的华严法会。从窗户一角望进去，课堂里在座的有出家师父，也有行将落发的优婆塞①。我悄悄离开，继续在寺院里徘徊。除了诵经声，这里实在是寂静极了。墙上贴有华严法会作息表，一天当中，从朝至暮，时间安排得比普通人上一天班都要满。辛苦受持，觉者度众吧。

---

① 优婆塞，指在家修行并且受了三皈依的男众弟子。佛教有四众弟子之分，即出家男女二众、在家男女二众。出家男众名为"比丘"，出家女众名为"比丘尼"；在家男众名为"优婆塞"，在家女众名为"优婆夷"。

快到中午了。为了赶晚上的车,我们必须离开了。但不知为什么,我们俩还在寺院里走走停停。该拜的佛都已经拜过了,塔院也去了,是什么,绊着我们,让我们还不愿启程呢?

出庙门的时候,一位出坡归来的僧人扛着锄头与我们打了个照面。我和青石会心一笑,尾随他往里走——没想到寺院的左侧竟还有一条小路可走,我们呆了大半天,曲径通幽处未曾见识过。僧人七拐八拐不见了,我们却来到了虚云纪念堂前。因中午休息,纪念堂挂了锁,馆前有石桌石凳,我和青石坐在此处。

微风袭来,树上的枝条曼妙起舞。在这里,我们久久不愿离开。也许,是出来很久,累了。也许,是因为这里像家。我们都以臂作枕,趴在石桌上打盹。空气中温暖的漩涡环抱着游子,微风似摇篮,荡漾着我们的一刻安宁。欢喜,轻安,一些些伤感。时光静止了,有一个多小时吧,我们像倦归之鸟,安稳地在虚公家门口酣睡。

醒来,看见身后的一片旱地旁,一位僧人一身短打在地里干活。青石走过去。

——师父,您这里种的是什么啊?

——辣椒。

僧人头也没抬。汗珠沁在他的脸上,脖颈上。

——现在咱这里还是农禅并举吗?

——当然。

——有多少地啊?

● 云居山虚云纪念堂

● 百年虚云，为法而来

——寺院里面的，都是我们自己种的地。

——山顶上的呢？

——以前是，现在人手不够，很多地都包给农民种了。

师父抬头看了青石一眼，问：你们不去吃饭吗？

我们都摇摇头：不饿。想在这儿多待会儿。

师父笑了：你们会选地方，这儿原本是虚云老和尚的茅棚。

我俩一惊，回身看树后那座簇新的虚云纪念堂。

原来，这纪念堂竟是在虚云老和尚的茅棚旧址上建起来的啊！史料上有说，1953年虚云老和尚初到云居山，真如寺无处安身，已是113岁高龄的老人便在原寺西北角垒墙盖茅草，先后搭起7间茅棚住下，第二年11月，不慎失火，茅棚被焚，僧众劝他搬入新建楼房，老人说"我爱其古雅也"，仍用竹、草重新结茅以居，直到圆寂，始终住在这里。如今，又是50年过去，我们这些后生晚辈懵懵前来，无人指点，却似有灵犀，兜兜转转，在此酣眠。唯真道心，可以摄众，可以牵引，可以照亮后来者的路。

还记得前一日的黄昏，在塔院看到的一幅内联：来此瞻礼虚云塔你就将谁见？去若参谒祖师殿莫错认无生！

到祖庭去见谁？这一问如同惊堂木！树法幢于处处，破疑网于重重。妄心噼里啪啦地被粉碎。走了这么远，我们并非是慕名而来。有名之色身早已灰飞烟灭了。真心驱赶游子上路，只为慕道。道风依存的所在，给予我们笃定的加持。

再无遗憾，我们俩在纪念堂前的空地上礼拜。门虽未开，内里究竟却心心相印。带着满心的欢悦,再看一眼就离开,愿增长之道心好好用功。

花界之旅·旅行贴士

1.云居山,又名"百花山",在江西省九江市永修县,真如禅寺是曹洞宗发祥地,全国三大样板丛林之一。同期还可以参访的是宝峰寺。向北是九江,东林寺和西林寺一路。可参看《黄梅栀子香》及《蝴蝶芙蓉黄檗山》的寻访路线。江西丛林众多,不可能一次走完,合理规划,值得深度参访。

2.山上寺庙众多,四季花草繁茂。

太白山寻隐

不止一个西安人跟我提起太白山。

那个时候,我还在终南山上和他们一起学习禅修。望着群岚上徜徉的白云朵朵,我心满意足地以为,隐士大德们深居的终南,我终于得见一斑。可西安的朋友却摇摇头说,还有一座太白山,是他们心目中更为神往的地方。

在七嘴八舌的描述中,我听见了几个关于太白山的要点:高。太白山是秦岭的主峰,亦是终南山的一部分。海拔3700多米,比同属于秦岭山系的华山还要高。美。高山草甸盛开着数不尽的花儿,四季皆美。大爷海、二爷海像是镶嵌在山顶上的珠链,美得让人不忍离开。药农出没之地。这座山是药圣孙思邈一待十余年的宝山,太白山上无闲草。药农走的路线是最艰难的路,但他们有一双慧眼,读得出深山里的秘密。跟着他们走太白,才是不枉这座山的丰厚。隐士最爱之所。终南山的隐居有迹可循,虽有闭关告示,但日益增多的寻访者令修行人不堪其扰。于是,人迹罕至的太白,成了真办道者的家园……

还有许多为西安人津津乐道的掌故,我没有去过太白山,无

花 * 絮

- 我没去过太白山，无法想象他们的热烈

法想象他们的热烈源自何来，但每一个人的态度，令我不得不对太白山留意。

相遇的一天终于不期而至。

2013年的6月，我应约前往。这时候的太白山，已封山一年多。它的管理者解释说山洪暴发后，山路多处被毁，道路需要维修，有近千人的队伍正在山里昼夜奋战。

听说我们要去山里看看，他们都摇头，说大车运的都是巨大的山石，错车时很危险，而缆车也停了，缆车的车窗玻璃都在换，短时间要是靠人力爬这座高山，以我们的体力，几乎是不可能的。

我知道他说的是实话。但山近在眼前，特别是第一个夜晚，圆月初升，悬在山巅之上，明亮皎洁有光晕，逗弄着在山下吃夜宵的我们。过了一会儿，云也来凑趣，云追月灵动欢跃，云中月缥缈神秘，云遮月诡异肃杀，破云而出的月又明媚夺目。在某一刻，我停箸神思：这云和月缭绕的山，姜子牙垂钓和封神的地方，怎么会没有神仙出没呢？云是他们的足下轮，月是他们的顺风车，每到夜晚，他们在山巅聚会，也如我们这些人间客一般，举杯啜饮,一醉方休……

第二天一早,我们决定出发。推开窗户,汤峪河的溪流如白练,正窸窸窣窣地叫着早。

走吧!在城市的雾霾里窒息已久的人们相约着。

越野车出发了。很快,清风送凉,一身短打的人们开始加衣。我打开车窗,眯缝起眼睛,久违了的山野清香迎面轻拂。对于秦岭,我并不陌生。它是横亘在中国内陆中央的山岭,绵延1600多公里,覆盖了甘陕川鄂豫5个省50多个县的领域,是中国大陆南北自然的分界岭。有人称黄河是母亲河,秦岭是父亲山。

这些是官方的说法,从我个人的角度,认识秦岭,自童年始。

童年时期的归乡路,是由宝成线运载,由成经西安倒车,然后回到太原。宝成铁路,是新中国成立以来第一条工程艰巨的铁路之一。这条修了6年的铁路干线,一共有隧道[①]304座,桥有1000多座,最长的隧道新会龙场隧道长约4200多米。据资料显示,为了解决历史上著名的"蜀道难"局面,宝成铁路打穿了上百座大山,填平了数以百计的深谷,而这些山谷连在一处,唤作秦岭、巴山和剑门山。

在我幼小的记忆中,归乡,是需要穿越一个又一个山洞的。依傍着父亲的臂弯,望着窗外瞬间交替的明明暗暗,我的乡愁被绵延的秦岭洞察着,由蜀道到高坡,一路向北。这一段只有在心里梦里反复出现的有韵律的感受,在电影《观音山》的华彩段落

---

① 隧道,山洞。

● 太白山上一定有神仙吧?

里得到过呼应。那里面，范冰冰、陈柏霖等三个小青年爬上了货车车顶，车不断地钻山洞，他们不断地低头扬首，屏息欢呼，那不是叙事段落，却无比重要，是压抑青春的释放。而观音山，也是浩瀚秦岭的一支。

而太白山是这蜿蜒东去的山峦主峰。

屈原吟诵的吾令羲和之弭节兮，望崦嵫而勿迫的崦嵫山，在秦岭山系的西端，途经麦积山、邙山、伏牛山……坐拥西岳华山、终南山等名山,它们的起伏被统称为广义的秦岭,而主峰太白远远高过群峦,是中国东壁江山里的最高峰。

然而,它的大名却不那么广为人知。

在太白山拍摄纪录片多年的陕西台导演赵静波告诉我们,他在外地开会时,介绍太白山,竟有人立即接口说"知道知道,长白山,很好的地方!"

● 高迈幽深的太白山,是父亲山

终于进山了。

我们都沉默了。

太白如此高迈幽深，绿色如此奢侈地冲入眼帘。青翠、蓊郁、葱茏、苍莽乃至波澜壮阔，是我能想到的仅有的穷词。许多树木长在了山石上，不同树种的枝桠和叶片交叠着，竞相伸向苍穹，它们仿佛是山之茸发，茂密、繁盛，显示着无人砍伐破坏的原始生态。山里溪流淙淙，白波闪闪，水声、风声若有若无，晨光打在绿叶上，仿佛追光一般，将每一片平凡的叶子勾勒出了晶莹的轮廓，叶片也因为这闪烁的光而明昧清晰。

我们到了下板寺。缆车自此上高山。遗憾的是，的确如山下的管理者所言，缆车不仅停开了，还卸下了窗户。下板寺已无修行人，门上的对联显示它曾是一座道观。不远处是太白庙。很多人都跟我们提起这座庙，在景点介绍当中，它也是一处重要所在。但拾阶而上，太白庙有些令人失望。墙面斑驳，瓦砾残破，里面供奉的道教神仙亦是年久失修。与终南山不同，这些道观里没有道士，仿佛金蝉脱壳，金蝉不见，唯留空壳。

我想去到更深的山里。

因为我知道，虚云老和尚在此曾住过岩洞。大师闭关终南山狮子茅棚，因入定月余而轰动长安，以至于许多慕名者前往终南寻师，"师厌酬答"，远遁太白山，居岩洞来修心。这一段公案有据可查，只是太白高远苍茫，我若想短期省力去瞻仰，几不可得。

坐在草坡上，有住在下板寺的工作人员路过，我向他们打听太白山上的杜鹃。据说，每年5月到8月，是太白山杜鹃的花期。这座山上的花儿品种极多，而太白山杜鹃是以它拥有所有杜鹃品种的母本而著称，同时，下板寺的万亩杜鹃，斗母宫北坡的高山杜鹃林，也名闻遐迩。山上的人对我说，你们晚来了一个礼拜，5月份的花刚开过。

望着一片绿浪般的山林草坡，一朵杜鹃都不见，我哑然失笑。

也是啊，一座山的深邃广博，一日登攀岂能领略？！

虽有柴门常不关，片云孤木伴身闲。犹嫌住久人知处，见拟移家更上山。①若为名故，不入深山。这是深山修行人的愿心。我若不为道，寻见隐士只是打扰。

坐在溪流边歇脚，两位木工在刨花。木屑发散出特有的清香。放眼望去，我看见山上茸发间绰约可见的白色小花。花开在高树上，叶片由幽绿向嫩绿过渡，如果不注意，会让人误以为那是树叶之间的反光。我拍下了它的远景——在这个季节，除了路边不起眼的那些无名小花外，这样起伏绵密的花树应该算太白山的一个即景特色了。

这个建在溪流巨石边的木屋，四脚是木头桩子，地板悬空，淙淙流水自桩下而过。木匠的耳朵上一边夹着铅笔，一边夹着

---

① 唐朝诗人贾岛《题隐者居》诗句。

烟，神情专注。我痴想着，这一间因地制宜的房子或许是给药农打造的吧？

太白山2000多种植被，其中600种是珍贵的药材。高寿140岁的药王孙思邈三上太白，前后深居十多年，写下了《千金方》这部我国古代的医学百科全书。药王幼年体弱，立志以一己之痛体恤苍生之痛，遍尝百草，在搜集民间验方、秘方，总结临床经验及前人医学理论方面不遗余力。他50岁时被唐太宗召见，以矫健如少年之身姿步伐令帝王惊，一生当中多次婉拒召封，一隐再隐，直至太白。

他在其所著的《大医精诚》一书中写道：凡大医治病，必当安神定志，无欲无求，先发大慈恻隐之心，誓愿普救含灵之苦，若有疾厄来求救者，不得问其贵贱贫富，长幼妍蚩，怨亲善友，华夷愚智，普同一等，皆如至亲之想……见彼苦恼，若己有之，深心凄怆，勿避险恶，昼夜寒暑，饥渴疲劳，一心赴救，无作功夫形迹之心。如此可为苍生大医，反此则是含灵巨贼。大医孙思邈除了是医生身份外，也是一位道士。他宅心仁厚，惜生爱生，他不用动物入药，说自古名贤治病，多用生命以济危急，虽曰贱畜贵人，至于爱命人畜一也。损彼益己，物情同患，况于人乎！夫杀生求生，去生更远。吾今此方所以不用生命为药者，良由此也[①]。

太白山的药农采药传统自古有之，跨越五省的秦岭，药农散

---

① 出自《备急千金要方》。

落在山麓南北,每到端午时节,许多药农便背着铁锅,带粮上山。有的人要在路上走半个多月,只为到宝山不空手归。据说有许多茅屋木屋都是药农留下的,他们风餐露宿,走最艰险的路径,在屋子里给后来人留下火柴、干粮,他们虽然平凡无名,但秉承了和药王一样的善心。

就要离开浅尝辄止的太白山峦了,我心里并没有遗憾,因为,我知道,这一座高山,我一定会再来拜谒的。

返回西安的路,我们走了一条为当地人骄傲的沿山观光路,这条东西长约160公里的路两旁,是眉县和周至县蔚为壮观的万亩猕猴桃园。园中的果实还未成熟,却也青果累累。其背景,太白积雪,秦岭逶迤,其近景,竟是我在山上看到的白花高树!

我问送行的司机,这是什么花树?他告诉我,是大叶女贞。

在太白山,在去往太白山的观光路一线,大叶女贞在6月怒放!

我让司机停了车,仔细端详这些我不熟悉的树种。据说它是绿化树种,吸毒气,抗污染,成活率高。树冠圆整,白色浅黄色的小花丛丛密密,隐约其间,凝眸花上,那四瓣小花儿洁白隐秘,低调芬芳。

在太白山,我没有看到高山杜鹃的绚烂,却有幸目睹了大叶女贞的含蓄。

白 云 沧 海

● 漫山遍野,大叶女贞怒放着

● 没有看到高山杜鹃,却领略了大叶女贞的美好

含蓄的品行是通往绚烂之本性的必由美德。

就好像我们虽然没有寻着大德闭关的遗迹，药王经行的路线，却能够因在白云深山里的逡巡，略懂隐士隐为修身，出为兼济天下的心怀。

杜鹃为隐，女贞为出，双璧辉映，照耀太白。

花界之旅·旅行贴士

1.太白山，跨陕西省太白县、眉县、周至县三县，是秦岭山脉最高峰，也是青藏高原以东第一高峰。一山有四季，从山脚到山顶遍览四季风景。三教均有胜迹于此。山之高峻辽阔，需有足够的准备才可以消化。

2.5月，杜鹃盛开。6月，大叶女贞怒放。

光明藏里繁花开[1]

2005年去云南，在边疆走了半个多月，昆明一起一落，只逗留了不到三天。

三天的时间里，认识了好友涵。

也忘记了是怎样的开始，只是记得我们突然就谈到了地藏菩萨。

过年前后的一个深夜，涵给我打过一个电话，是救命的事情，我还是热切地向她推荐了《地藏经》。之后过了些日子，她来致谢，说管用，有大帮助。

再后来，她在北京工作过一段时日，租的房子里，供着地藏。

一晃竟然就是10年。

这10年，沧海桑田依然故我。唯独我们，身边的人心里的事，有了变迁。

我带着老妈和幼女，这一次要在昆明待三天。

---

[1] 本文作为单篇，曾被收入到作者散文集《空山煮茶记》中。

又只是三天,却是专程去的。

这一次的三天里,有一个特殊的日子。

这个日子我不想还在路上舟车劳顿。而这个心思,我没有和涵说。妈妈也不知道。

去哪一所寺院?涵问我。

我亦说不上来。离得近的?

涵说,好呀,你们的住处附近,就有寺院。

晚上,和大学里的云南同学微信,提到了昆明的寺院,同学力荐我去西山,说山上有极好极好的两所寺院。我问他,怎么个好法?

同学说:菩萨的塑像很大!

我哑然失笑。

他不甘心,发来了他刚刚去过的图片,说可以俯瞰昆明市貌,山下的滇池也能尽收眼底。

我还在沉默不语。

同学说,关键是很灵。许了愿都能实现,比如他当年考大学和后来出国……

好吧,好吧,我去。

太华寺·玉兰

我们的车只能停在山下。涵买了票,和我一起扶老携幼上了旅游车。

这里其实离城不远,但空气清新得多,接近正午的阳光暖暖的,洒落在林间,一地碎金,奢侈极了。

珈宝喜欢涵,涵也喜欢孩子。

我刚好乐得清闲片刻。

蓦地,一树梨花映入眼帘!

我跑了起来,欢呼着赞叹着。我深埋的痛苦也许来自我从不掩饰的热烈吧。

涵在我身后笑,还会有更好看的呢。

涵没说错。拾阶而上,是太华寺的山门。门前回望,是密林和滇池。

拜了弥勒菩萨后,一个隐匿的秘密花园出现了!

迎面一株白玉兰,怒放在炽烈的阳光下,亭亭直立,仪态万方。微风吹拂下,花瓣缓缓地落在石砖路上。矮丛灌木是玫红色的杜鹃,右侧长廊旁,粉荷色的桃花、绛红色的梅花正深深浅浅地探望着我们。

大殿前的草坪里有一位花工正在忙碌,除此之外,寺内无人!

我被这美击中,只有无言以对。

太华寺是个古旧的寺院,与我在四川深山里拜谒过的古庙有些类似,人少,墙壁斑驳,红漆褪色,青苔漫布。但给人感觉却很好。特别地清净。你知道它也好,不知道它也好,它兀自清净地待着,就在那里,日日夜夜,阳光雨露,心甘情愿的。

· 满树繁花，如笔下龙蛇

我们走进这所寺院，花儿锦簇，鸟儿振翅，心里敞敞亮亮，像回到久违的家一样。

涵带我们径直去了五观堂，问还有没有斋饭。

两个做饭的大姐说刚刚要下班，她们看见我们一行人有老有小，又说，你们坐嘛，要吃什么就说。

我走到五观堂外，看见花工在晾晒玉兰的花瓣，趋前相问，花工说晒后可以入药。又问这所寺院有无僧宝，花工说当然有，师父们到下面的华亭寺①去唱经了，平时是在这里的。

哦，原来是这样。

五观堂的东边是一个后花园，有几座舍利塔，看样子应该是寺院以前的师父们的灵骨塔，塔旁摇曳着紫色的雏菊，一丛一丛的，与青砖绿苔相映成辉。塔前是一个小的回廊，廊下一株矮矮的玉兰，亦在怒放。

玉兰花树一般尽皆参天齐云，花朵又朝上盛开，因其朵朵向阳，高高在上，很少能看到它的花蕊，而这一株竟和我等高，却又并非小树，其枝干遒劲粗犷，身姿如黄庭坚笔下龙蛇，满树繁花，每一朵都开在眼前，我坐在那里，看成了一个呆子。

光如此亮烈，风如此柔和，空气却干燥，错认为如同江南的美好，实则骨子里是高原的硬朗，涵对我说过，云南不养人，它锤炼人。

锤炼人的地方，开出了这么美的花儿，如此声势，却隐藏极

---

① 华亭寺，又称云栖禅寺。

花 * 果

• 太华寺的杜鹃

• 太华寺的海棠

深。没有好因缘,见不着的。

大姐喊我们吃饭。四菜一汤:番茄炒蛋、香菇青椒、土豆丝和豆腐,还有青菜汤。好吃到要掉眼泪。其实不外乎就是放了一点盐,一些油,姜丝呛了一下锅,但在这个悄悄静静的庙里,被做饭的人好意相待,花儿又开得如此慷慨,菜根之香,不可思议。

大姐说,你们去过华亭寺了吗?

我本来是想在庙里做一点功德,为我心里的那个秘密。但师父们不在此地……

所以,我们肯定要去华亭寺。

大姐追了一句,那里也特别好呢。

华亭寺·繁花

这些寺院被普通人口口相传说好,怎么个好法我也没听出个究竟。

在网上查了这两所寺院,百度百科上介绍的也都是旅游景观或雕像特点。

直到我走进华亭寺,看见了极为开阔的放生池。

很熟悉的结构。

寺院背靠着山,两侧也是山翼,第一重殿外是一个放生池。

● 华亭寺的复瓣山茶

恍若云居山的真如禅寺？一个闪念在脑海划过。

天上云居，那是虚云老和尚生命中最后一个道场。百花深处，庄稼地头，山峦广袤处，是放生池。

沿着华亭寺放生池旁的回廊往里走，路旁有许多板报和图片介绍，我看见了虚云老和尚！

是的，我看见了老和尚的照片，驻足读去，心中惊叹！

我生也晚，我知也晚，此地，老和尚驻锡竟12年！是禅门道场！

如此相似，原来如此。

走到山门前，华亭寺气象恢宏，一左一右的匾额上书写着"般若法门""放大光明"。而就在此刻，一束光照在"放大光明"的匾上，端严华彩，名副其实。

再走进天王殿，我已经不再能表达我的震撼了。

天王一侧，各有一门，门外风景，宛如天界。

你不是爱花儿吗？不是为了这时令这美好跋山涉水，穷心尽力吗？不是发愿要写阿兰若里的芬芳，写那些心香吗？

好，就在这里，给你见识到最曼妙的一刻。

出得天王殿，右侧是山茶。高高的树干，油绿的叶子，桃红色的复瓣山茶。饱满、浓郁、娇憨的山茶，触目即是。涵和妈妈，还有珈宝从树下走过，那赤子、孺童和慈母与山茶同时出现在一个画框里，我仿佛是个天赐荣幸的过客，目睹这最恰如其分的时刻。

大殿左侧，则是海棠。粉白相间、娇艳欲滴的海棠在午后的日光照耀下，花与叶都是透明的，和太华寺的玉兰一样的是，它也正在飘着一场盛大的花雨。海棠树下是一个石桌，四个石凳，正是喝茶的好去处。那花儿一阵一阵地飘着，桌旁却没有人沐浴其美。

我们应该在树下喝茶。涵说。

唉。真真是于我心有戚戚焉呐。

● 海棠花雨

于是坐下。涵找了工作人员,点了一壶茶。

茶是绿茶,叶片狭长而弯曲,初入口,那清苦的香味抓人舌根,非常霸道。

这时,师父们的吟唱悠悠传来,是什么经文?如此婉转动听?

我去客堂想询问一下,但客堂无人,一个高个子的治安员告诉我,师父们全部在后面的殿里唱经。

在唱什么经呢?

治安员说，《华严经》。

我心里震动。

是华严法会吗？

对。已经10天了，21日圆满。

我心里估算了一下，那应该是3月1日开始的，俨然过半，在春分那一天结束。

回到茶桌旁，我无法安坐，唯有循声而去。

华亭寺的殿堂高大庄严，一砖一瓦虽已古旧，却被洒扫得一尘不染。这所寺院，与那种完全归属僧宝管理的寺院不同，这里还有旅游局招的工作人员，也有戴着红袖箍的治安员，但他们与寺院的修行氛围似乎并不违和。治安员说起虚云老和尚时，言语中透着一份尊重和骄傲。这一天，不是周末，也非假日，信众和游客很少，仅有的几人正在小卖部里打麻将。门外的花儿开得那么好，后面大殿里的经文梵呗那样动听，他们浑然不觉。

当然，他们就更不知道有一个呆子，正内心震动地穿过花海，如同10年前参访云居山的真如禅寺一般，看见严肃的道风，看见那种旁若无人的修行，看到自己两次无意间的造访，两次与华严法会相逢。

师父在，好好修，师父长辞，更要好好修。

有人看，好好修，无人懂得，依然好好修。

坐在殿外的石凳上，我的眼泪终于忍不住流下来了。

也不知道过了有多久。直到我听见闺女的一声叹息，不到三岁的珈宝定定地站在殿外,她说了一句,真好听啊。在她身旁,是蹲在石阶下的涵。而妈妈,坐在凉亭里。我们四个人,就这么静静地,在一棵同样飘着花雨的梨树下被施了定法一般,感动而无言。

三棵花树,从玉兰到海棠,再到梨花,法雨缤纷,华严曼妙。无法预期,不可怀想,就这么猝然无妨地,百千万劫来遭遇了。

● 海棠树下喝杯茶

涵突然给我指了一下大殿的匾额，那上面写着"地藏三是"。

我们俩都点点头，瞬间明白了拈花微笑的妙不可言。我和涵缘起地藏，终于在地藏门前，听到最好的清音。

带着满满的收获，我们重回树下。茶酽了。涵跑去小卖部想换一壶。

小卖部的大姐笑了，说你以为你们喝的是什么茶啊？想多一份都不可能咯！

我也听得好奇，赶过去问茶的名字。

大姐说，无名，非得说个名字，那就是华亭古茶。它是寺院里唯一一棵古茶树的茶，长好了师父就做一点，喝完了就得等来年。

哎呀。

看着壶里被我们辜负的古茶，我和涵都有些心疼。

不过，我们今天已经被佛菩萨如此厚待，留个小遗憾也好，我们自圆其说，依旧兴高采烈地，捧着酽茶回到石桌。

没想到是这么难得的茶啊。我跟妈妈说。

华严茶事

夕阳西下，茶席终于铺展开来，花雨从未停歇，从未乏少，因为这花儿这大经而惊动的心，此刻终于可以面对这古茶而安宁下来。

从客堂那里借来的虚云老和尚的年谱,在此刻终于一字一句地看进了心里。

老和尚历坐15个道场,重兴六大祖庭①,以一身兼承禅门五宗②,坚持苦行百余年,世寿120岁高龄。老和尚19岁出家,遍参佛迹,56岁开始出世弘法,之后每10年修复一个道场,最初修的道场就在云南。那时候的云南,汉传佛教衰微,老和尚朝礼鸡足山时,迦叶尊者的道场已经衰败到了极点,他记在心里,一出来弘法就选择了佛法最荒凉之处,鸡足山的祝圣寺由此而复兴。复兴的第二处就是昆明的华亭寺。1918年,因寺院长期管理不善,破败不堪,寺僧竟然打算把古寺卖给法国人修建俱乐部。消息传到驻锡鸡足山的老和尚耳朵里,老和尚非常痛心,出面向时任云南都督的军阀唐继尧呼吁,制止非法交易,后来在唐继尧的礼请下,虚云长老出任华亭寺方丈,担起中兴重任,那一年,老和尚78岁。

由此,老和尚参与并主持了与华亭寺同期修复的包括太华寺在内的云南的六所寺院,四处募化,殚精竭虑。华亭寺施工期间,工人们还曾挖出残碑,上有"云栖寺住持隆章见性仁山重修常住碑记"等字迹,余者皆模糊不可辨认。古之云栖,今者虚云中兴,古今相逢,让观者无不震撼。唐继尧更因此题写新匾"靖国云栖禅寺",这也是华亭寺另一个名字的由来。

---

① 虚云老和尚光复的祖庭是:云南省鸡足山祝圣寺、云南省昆明市西山华亭寺、福建省福州市鼓山涌泉寺、广东省韶关南华禅寺、广东省云门山大觉禅寺、江西省云居山真如禅寺六大千年古刹。

② 禅门五宗,指曹洞宗、临济宗、云门宗、法眼宗和沩仰宗。

因为老和尚在，各种法缘接踵而至。著名佛学大师欧阳竟无携弟子吕澂来昆，与法师朝夕相处，互相砥砺。法师也因此开坛讲述《摄大乘论》。名士高鹤年先生抱病而来，出谋划策，赴天津请来了戒尘与修静法师，法师重建的华亭寺更是为他的《名山游访记》增添了新的篇章。修圆、定安、李根源、王九龄、陈荣昌……加上诸多信众的支持，华亭寺得以重光。1926年春，老和尚传戒的那一天，大雄宝殿前已枯死多年的老梅树桩居然开花了，那是一朵朵大得出奇的花，暗香浮动，宛如白莲！前后菜园子的青菜也同时开花，状若青莲，殊胜瑞相引起轰动。

从此以后，古梅树竟然死而复活，年年开花。

我下意识地抬起头，看向大殿前的那座古桥，桥的两侧是两棵树，因节令不对，不是花季。趋前细看，果然挂着牌子，写有"古梅树"三字。

这时耳畔响起了绕佛声。我走到一旁，师父们与居士们神色肃穆，鱼贯而行。

不久之后，当日法会结束。客堂师父翩翩而来。

我跟随法师走进客堂，对他说，师父，我们愿供养僧宝一堂斋饭。

师父点点头，好，哪天？

我说，凭师父安排。

师父微笑，这些天寺院里在办华严法会，21日那天圆满，就那天中午，好吗？

甚好。我的心也在微笑。

师父给我开收据。问我，落款如何写？

我答道：写我父亲的名字吧。

要出客堂的时候，我看见墙上那张古梅开花的照片，虚云老和尚和他的侍者端坐于其前。

客堂师父对我说，这本老和尚的年谱送你吧。他在我们这里，待的时间很长，做了好多大事业。

我接过来，薄薄的册子，无比珍重。

寺院下面还有老和尚的纪念堂和舍利塔，不过快要关门了。师父叮嘱道。

我想起上一次在江西云居山的真如禅寺，我和青石趴在老和尚的另一所纪念堂前的石桌上酣眠的那个下午。风像妈妈的手，轻抚两个流浪生死之人的心，在道风长存的门前，我们回家了。

夕阳西下，我和涵再次扶老携幼，离开古庙。

那个小卖部的大姐追了上来，手里拿了一个小的保鲜袋，她递给我们说：又好好地找了一下，还有一泡茶的量。你们还要吗？

我和涵对视了一下，简直想要给这位大姐一个狠狠的拥抱！

白 云 沧 海

● 再遇华严法会

● 不期而遇，一期一会

　　下山的最后一班车来了，纪念堂和舍利塔唯有留待以后好好拜谒了。为着父亲离开四周年去寻访寺院，为着彼此的爱与放下而苦苦思索，由着这冥冥间的引导来到自家门前，见识了春分前的这一场法事、花事和茶事……

　　一切发生都是不期而遇。

　　一切相遇都是一期一会。

　　纵使刻舟求剑，又焉能再得？！

花界之旅·旅行贴士

1.太华寺&华亭寺,在云南昆明西山。华亭寺旁还有虚云老和尚纪念馆。

2.3月初,太华寺的梅花、樱花、梨花、玉兰、杜鹃,华亭寺的海棠、山茶、梨花同期绽放,繁花世界,华严世界当如是。

云门山茶

1.

最早起念要去拜谒云门寺,是因为同修夜光明的一张照片。那是2016年的深秋,她去到云门,拍了一张山门的照片。

玉石一样的墙壁,青绿色的琉璃瓦,木门玄匾金字,门前是宽阔台阶,门后则云雾苍茫。那张照片,有一种超越凡尘的脱俗,素雅又深沉,令人心驰。

我无意之中去过虚云老和尚修复的两大祖庭道场:江西云居山的真如禅寺,云南昆明的太华寺和华亭寺。两座道场都在我的无意造访当中,慷慨地展现出禅门泰斗注重实修,内敛沉默的透迤龙象。同为老和尚躬耕恢复的古寺,它们地处群山怀抱之中,山门前眼界开阔,放生池宏大,而进到庙宇之中,房屋简朴,不事粉饰,百花齐放,如出一辙。令我惊叹的是,两次造访,竟然都赶上了两所寺院的华严法会。《华严经》是大经,整部唱诵下来需要21天。2005年的云居山,2015年的华亭寺,竟然在我时隔

10年的到访中,异地异时同唱华严,并且都是唱到了第10天!

记得天台山的智者大师在一次诵念《法华经》入定后,亲往法华大会,于佛陀座下听经,出定后与弟子感叹,原来灵山一会俨然未散,一直在开,从未结束。

那种突破时间和空间维度的真实觉受,于后知后觉的我,在这10年两次拜访虚云道场的经历当中有所察觉,如心底默雷,余音分明。

这一次,终于有了机缘,可以去云门了。

从韶关坐车到乳源,要将近一个小时。这一路,我们从并不发达的粤北城市出发,途经更不发达的城乡接合部,看见了许多化工厂,烟囱里冒着或白色或灰色的烟。

韶关有雾霾吗?
我们问开车的师傅。
还好啦。平时就是这样子啊。
迎面开过的大货车令尘土飞扬,司机关上了车窗。
你们不去云门寺旁边的玻璃栈桥吗?
这已经是第三位司机师傅在提醒我们云门寺旁边有当地旅游部门开发的游乐项目。
我们摇了摇头。
也没什么可玩的,很贵啊,吓得要死,还要花120元!
司机师傅调侃道。

看着窗外的尘霾，我闭上了眼睛。

65年前，就是在这个地方，云门发生过法难，老和尚入定忍辱，佛源和尚燃指明志，风波过后，虚云老和尚被迎请至京，那幅老和尚自书的著名的对联就是在赴京前写的：坐阅五帝四朝不觉沧桑几度，受尽九磨十难了知世事无常。

那位当初面对非难默摒深修的尊者，已经离开了57年了。

而那些发起非难的众生，如今又在哪里呢？

2.

有山了！山势这么陡峭！

同行的青石师兄突然感叹。

睁开眼，那些工业文明需要的建筑和污染不见了，窗外青山如黛，云雾缭绕，清凉之气扑面而来。

到了停车场，率先看到的，是一座仿唐佛塔。矗立在山间的佛塔色泽深沉，塔顶闪耀着乌金色。山门前稻田漫漫，层峦辽远，泥土、青草和山气传来阵阵清芬，顿扫路途当中眼见耳闻的尘世喧嚣。

云门寺，全称是云门山大觉禅寺，是佛教禅宗"一花五叶"之一的云门宗开宗道场，由文偃禅师创建。始建于五代后唐时期的古庙，距今已有1080年的历史。1944年，虚云老和尚在完成南

● 清凉之气扑面而来

华禅寺的修复工程后,受时任广东政府的官员李济深、李汉魂相请,决心恢复于荆棘丛中残存的古寺云门,要把祖师文偃留予大众的肉身好好保护起来,重振云门家风。这一年,老和尚已经是105岁高龄的长者了。

因为山门在修葺的缘故,我们从售票处旁的一个小门进入寺院,途径小西天尼众修行地,看到墙上画有牧牛图颂。牧牛图讲的是牛如心性,我为牧人。调伏妄心,次第修行,最终证得人牛两忘,法法圆融的究竟之地。这是禅宗大庙,以图寓意，相得益彰。

　　从小西天一直走到天王庙，之间的步道宽阔笔直，香客游客步行于此，如同置身花园之中——刺桐花、韭莲、千里香散落在树下道旁，若隐若现，似有还无，花儿做着引领，令人踏上收心之道。

• 云门韭莲

• 云门千里香

3.

及至三进院,虚云道场的相同气息袭来——苍劲淳朴,唯小是从。

在大雄宝殿外,僧众们正持钵鱼贯而入。青石和我带着珈宝站在游客们当中,肃立旁观。在这个队伍里,令人惊讶的是有许多小沙弥,他们有的跟珈宝差不多大,最多只有五六岁。

珈宝也诧异道,妈妈,怎么师父也有小孩儿啊?

可不,少年出家的人有大因缘。

佛性不分南北,又怎会分老幼呢?

后来看到相关报道,才知道云门的沙弥,是因为之前的方丈佛源老和尚[①],感念一些在社会上流浪的弃儿和孤儿无家可归,根据因缘收养到寺院里,有一些孩子是佛化家庭的独生子,自愿来寺院学习,佛源老和尚由此在云门佛学院开设了养正班,取"童蒙养正"之意,既抚养他们长大,也教授文化和佛学知识。

云门遵从"农禅并举"的古制,奉行自给自足,丰衣足食,小沙弥们也不例外,他们与和尚们一起出坡,耕种,收获,待到他们18岁成人后,尊重他们的意愿再选择是否正式出家。

佛源老和尚对前来视察的领导不回避,让他们看到沙弥的学习和劳动,老和尚的敞亮担当令养正班得以延续。

---

① 佛源老和尚,原广东省佛协副会长,曾为虚云老和尚的侍者及弟子,得虚云法承,为云门宗第13代传人。曾先后担任广东云门寺、南华寺等六所寺院的方丈。2009年圆寂。

小沙弥们年纪虽幼,威仪不减,像模像样地行礼唱诵,让人看了心生欢喜,又忍俊不禁。

失怙本为不幸,但由此亲佛,学习做人,焉知不是塞翁失马?

小小的三进院很快拜谒完毕,看到指示牌上标示侧院还有祖师殿。及进院中,一楼是文偃禅师的真身殿。

云门文偃禅师是云门寺的开山祖师,他在雪峰禅师座下开悟,后遍参天下,开堂讲法后把云门山建成了南宗禅有史以来寺院建筑规模最大的一座,天下学侣也因之望风而至。云门宗风也由此大兴于岭南。文偃在韶阳一带弘教30多年,创立了云门宗,弘扬了雪峰禅法。禅师85岁时趺坐而逝,圆寂17年后被发现修成真身。

文偃禅师教授禅法时,饱含赤诚之心,对丛林之中空游州县,拾人牙慧作知见的现象进行了严厉批评,提倡真修实干,希望学人要从心地上用功。回到本来心地,细观此处风光。我认认真真地拜,拜完之后又细细地瞻仰。希望自己也不要空游道场,了无所得。

隔着历史的长河,从猎猎寒风劲吹的北方寻访到润物细无声的南国,尚且能体会到祖师的棒喝,更不要说当初在云门座下苦思勤参的学人了。

正在静静思维之际,看殿的老和尚匆匆经过,进了后面的

● 回到本地风光,好好用功

房间。

　　我进殿的时候,青石已经带着珈宝出来了,他们俩都冲我笑,说老和尚给他们很多瓜果。临到我要出门时,看殿的老和尚竟追了出来,又拿了满捧的供果送给了我,看着手里的提子桔子苹果还有几瓣柚子,老和尚是在嘉奖我们的向佛之心吗?

　　这真让人有些羞愧。

　　二楼是一个回廊,回廊里的殿堂供着观音菩萨,殿堂一角是面镜子，镜子上的字写着"重振宗风"，镜子下面的墙上贴着广东省地图，地上放着一把藤椅、一个塑料暖壶还有一些杂物。门外的栏杆上晾着白果，墙角堆放着红薯。而回廊的另一边，是几位法师的寮房，他们刚刚下殿，有人正在洗衣服。看到我们张望，一位器宇轩昂、身材高大的师父指着旁边说，从这边下楼，还有殿，都可以参观！

这些简单的日常场景，让人亲切，无拘束。历史里的大德，和今天每日的生活活泼泼地近在身畔。没有高高在上，不是隔岸观火，修行的人，和引领一代代后辈的修行人，吃住行坐都在这里，你都能看见。没有大房子，不卧高广大床，生活生产全部靠自己的一双手，觉悟和参学也从自家心地求。貌似家常普通的示范现场，穿越了古今，打磨滋养出坚固的道心。

一箪食，一瓢饮，在陋室，人以为忧，师却知其乐。①

下了楼，五观堂外，居士们和师父们在洗碗。再往外走，是客堂。

我想起一个月前我得的那个梦。

那个梦里，久违的父亲出现了。他似乎是刚刚散步回来，对我和青石说，在他散步的时候，可能踩到了什么东西，或许误伤了它的性命。父亲的表情颇有些忐忑。记得在梦里，青石安慰老父亲说，会给那些小动物做超度。

梦是心念的显现。即便不是父亲托告，总是有被我们误伤的

---

① 原句是"一箪食，一瓢饮，在陋巷，人不堪其忧，回也不改其乐"，出自《论语》。此处仿照其句式和语义做了更改。

有情众生在悄悄哀怨吧?

不论是什么情境何种因缘尚在以迷入觉的跋涉途中,我们总是在心结当中耽溺。

云门三句[1]里有一句是"截断众流",截断众流的理解之一,是不是也包括了超越理念束缚,了结自他恩怨的意思呢?

有得罪的,道歉鞠躬,有伤害的,忏悔祈福,从此一别两宽,不再牵挂。

进到客堂,问了知客师,这一种情形,应该请何法事?

师父说,可以供斋,也可以请地藏钟。地藏钟有7天、30天、49天几个不同的周期。每天早上六点半开始,一个小时的时长,连续7天或30天或49天,回向一切众生。听了这个,甚合心意。请了7天的地藏钟,回向与父亲有缘的一切有情众生,第7天刚好是农历十月初一,正是"寒衣节"的日子,所谓择日不如撞日,以此圆满,也是水到渠成。

《增一阿含经》云:若打钟时。一切恶道诸苦,并皆停止。

愿借父亲的梦,地藏的钟声,祝福众生,受苦的离苦,离苦的觉悟,觉悟的解脱。

---

[1] 云门三句,指的是云门宗之祖云门文偃禅师用以接引教化学人的三个方法,即:函盖乾坤、目机铢两、不涉万缘。后其法嗣德山缘密禅师取云门三句之观念,改为:函盖乾坤、截断众流、随波逐浪。广为云门宗所用。第一句"函盖乾坤",意即天地万物皆由本体"真如佛性"所派生而显现;第二句"截断众流",意即宇宙万有是"假",对于"真如佛性"的把握,不应以语言文字来理解,要对应内心证悟;第三句"随波逐浪",指的是禅师对学人应因机说法。

● 若打钟时，一切诸苦，并皆停止

由此请钟事宜，得知云门严守戒律，师父们要凌晨四点起来坐禅，要做农活，奉行"一日不作，一日不食"的百丈家风①。寺院虽然游人如织，但禅堂、佛学院等修行学习场所并不开放。和大众广结法缘，于自心默照菩提，阡陌深耕，互不相扰。

　　从客堂出来，又碰到有法师给珈宝供果。珈宝老老实实地摆手说：已经有了好多了，不要了。还合十说，谢谢。

4.

　　出了三进院，问了人，我们往寺庙后面的山上走。

　　太阳突然从阴翳当中破云而出，阳光明亮，照耀在竹林小道上。

　　竹林是引子，转过弯即是虚云老和尚的纪念馆。

　　馆前是舍利塔，周围遍植广玉兰、紫荆、桂花和山茶。竹林里有几把木头长椅，供来者歇脚。一走到这里，喧哗不再。参天茂林间唯听得溪流淙淙风声簌簌，鸟语虫鸣而人声悄静。

---

① 百丈家风，唐代百丈怀海禅师，是马祖道一的法嗣。他在大雄山另创禅林，此地山岩号百丈岩。怀海禅师在此演法后，不久四方禅客云集，百丈丛林门风大盛。他是著名的佛教改革家，参照大小乘戒律，为出家僧侣制定出新的修行生活仪轨《百丈清规》，提出禅寺不与律寺混杂，禅寺当中不立佛殿，唯树法堂，将六祖惠能的"不立文字，教外别传"的主张制度化；调整丛林中师徒同学间的关系，打破寺院中尊卑贵贱分明的等级结构；同时在生产方面，倡导普请法，即自长老以下不分长幼普遍参加劳动，提出"一日不作，一日不食"的口号，并且身体力行，"凡作物执劳，必先于众"。普请法开辟了农禅结合的道路，使得禅宗迎来了更大的发展。种种新规，汇成《百丈清规》，风行全国。但在宋代失传。后元代朝廷令百丈禅僧德辉重编，题名为《敕修百丈清规》，共八卷。

● 舍利塔前广玉兰

纪念馆内是虚云老和尚的雕像，雕像前有两张他的黑白照片，垂目观心，一如既往。

塔前的拜垫是石头做的。因为雨淋日久而呈现出斑驳的样子。

在纪念馆一侧，有一个洗手池，池的上方接了一根木制的水管，清泉自管中流出，有熟客在这里接水喝。我们三人洗了苹果，坐在树下的长凳上吃起来。

这里像家。珈宝突然说。

对。就是回家。在云居山的真如禅寺，虚云老和尚纪念馆前的石桌上，我和青石曾趴着酣眠，那个时候珈宝还没出生，我们有如浪子归乡般的安隐。后来珈宝去过华亭寺，在那里她听《华严经》听得入迷，那个时候她三岁；这一次她五岁了，说出来"像家"。

心灵故乡是什么样的？

就该是这样的感觉了吧？

外逐繁华的心虚忐忑不见了，踏踏实实踩着地，有着根。

在舍利塔前，花儿很多，唯独盛开正艳的是一株深红色的山茶。

红山茶秀美修直，树冠优雅，花儿点缀在幽深的一泓绿中，古雅气质，秀于群林。

同为光复的祖庭，昆明西山的太华寺和华亭寺都有山茶。据说太华寺的山茶是明朝初年建文帝手植而来。而前年倒春寒的时候，华亭寺的庭院里桃红色的复瓣山茶开得更是郁郁苍苍。

山茶耐阴喜寒，秋末春初，越是万花凋零，越是累累繁盛。在绿的汪洋里，山茶将会开满将近半年的时间。古人诗云：独放早春枝，与梅战风雪。岂徒丹砂红，千古英雄血。①

这几个句子，倒非常应景。山茶的别名，即唤作耐冬。耐得隆冬考验的花儿，与虚云老和尚在此地历尽磨难而初心不减是多么地相应。那些加诸肉身的棍棒，令尊者几度闭了气息深入禅定的劫难，都因为老和尚无碍的慈悲和坚固的道心得以成为往日烟云。

还记得读过舍利弗曾经被恶鬼击打头部的故事。舍利弗曾在耆阇崛山入金刚定。山中有善恶两位鬼王镇守。善鬼名叫优婆迦罗，恶鬼名叫伽罗。伽罗说"沙门是世界上最好欺负的人"，他要以拳击杀舍利弗的头。善鬼劝阻道：如你所说，沙门是因忍辱而可欺，但沙门的德力无穷，你若打他，他虽受苦一时，但我们却永久不安。恶鬼不听，一拳打去，善鬼不忍目睹，隐身而去。伽罗这一拳于舍利弗，如头上落下一片树叶，而恶鬼由此七窍流血堕入地狱。舍利弗从金刚三昧的正定中出来见佛，佛陀问他，身体有恙吗？舍利弗说，不知为何，微微有些头痛。佛陀告诉他来龙去脉，说以伽罗鬼一拳之力，须弥山都会一分为二，然而你在定中，他却不能伤你分毫，可知金刚三昧之力，能敌外境灾难。佛陀也因此勉励诸比丘好好修持。

《六祖坛经》中云，何名坐禅？外于一切善恶境界，心念不

---

① 此诗句为清朝诗人段琦所作《山茶花》。

● 与梅战风雪的红山茶

● 内外境界皆不动,拈花的深意 本图摄影:白雪云

起,名为坐;内见自性不动,名为禅。虚云老和尚常说自己空消粮食,百无一用。却在关键时刻,示范什么叫坐禅不动,什么叫摆脱二元束缚,让人震动之余,发心去学。

也不知道种在虚公塔边的这一株山茶,和种在华亭寺的那一株,是何由来?

是因为老和尚爱这山茶的耐得寒凉呢?还仅仅就是因为它适合在南方种植?

无论前因为何,在这说法的花儿面前,都不重要了。

冬天冷吗?却会有色泽炽烈的花儿,鳞次栉比地开放。

那开放,就是彰显给我们的一个拈花的法意:云门的山茶,让我们懂得接受无常的残酷,又看到真实修行的力量。

凡此六座祖庭,花儿并不唯一。

云居山别名百花山,山上拥有2000多种天然植被,奇花异草更是不计其数;料峭的春寒里,栖云古寺上演着海棠梨花玉兰听经而摇落的盛大花事;在云门的大觉禅寺,仅仅是11月,我看到开花儿的花种就有刺桐、韭莲、千里香、紫荆、蒲桃、金银花和垂丝海棠,没开花的有广玉兰等,更不要说处处怒放的山茶了。

在智者的眼里,无论哪一种花,都可以说法表法,它们无别统一,皆为通向觉悟的道途。

越是繁多,越是此起彼伏的开落,越是告诉我们花有百种,其性平等。

5.

从虚云纪念馆出来，继续往前走，即是虚老弟子，云门寺原方丈佛源老和尚的纪念馆，不巧的是，这里也在维修，暂不开放。继而经过一片金银花架下的塔林，我们来到了云门山的高处，释迦佛塔。这座塔在到来之初就已经映入眼帘，走近去看，更觉庄严。一共1250棵珍品罗汉松，象征着佛经中记载的佛陀的常随弟子有"千二百五十大阿罗汉"。佛塔共九层，一楼供奉佛像与梵文楞严咒，二至九楼供奉佛像3000尊，九楼还供有佛舍利。塔座之外，莲池浩渺。雄踞在山之怀抱中的佛塔苍茫伟岸，令人仰止。这座塔来源于佛源老和尚20世纪60年代心中的一个影像，多年来一直萦绕不散。经由12载寒暑变迁，三代人矢志不移，终得成就屹立。佛塔的气势真正当得起虚云舍利塔上的那两行字：素处以默，积健为雄。

云门山，置身于京珠高速一畔，与闹市毗邻，却清净安宁。云雾中的苍峦，铺展出开阔舒朗的画卷。新修的步道、佛塔尽皆严谨大气。而跨入古寺，庙小而庄严，有法胜雕饰的道风，让人敬重。

你觉得寺院里面不起眼吗？没有想象中的那么高大森严吗？或者没有那些新修的丛林那么金碧辉煌吗？那就对了。祖师家

● 释迦佛塔

风,尽在这方寸之间的古朴内敛。

  门虽残破,漆落色淡,却丝毫不觉简陋。那内里的修持和勇猛,正是要以这貌不惊人来做隐藏。内力不是给人看的,是要用的。当它发生作用的时候,天地震动。

  那是辽阔清澈的明山净水中,傲立的终南山狮子茅棚,亦是白雪皑皑,人迹罕至的太白山石窟。

● 素处以默,积健为雄

再次走到步道上,身侧是稻田。庄稼已经收割大半。那是和尚赖以生存和修心的田地。

我们驻足远望,嗅得心香。

花界之旅·旅行贴士

1.大觉禅寺又名云门寺,在广东省韶关市乳源县云门山。是禅宗五大支派之一云门宗的发祥地。同期可安排的还有韶关市的南华禅寺,那里是禅宗六祖惠能的弘法道场,亦是虚云老和尚光复的祖庭之一。

2.5—7月,是虚云老和尚舍利塔旁的广玉兰的花期;11月,山茶、刺桐、韭莲、千里香、紫荆、蒲桃、金银花和垂丝海棠竞相开放。

曹溪水畔火炭母

1.
难听亦为名

有人听说过火炭母吗？

它是蓼科植物中的一种。竟然是花儿的名字。

南方的秋天可以说是蓼科植物的天下——穗状的花朵，由浅粉到深红的过渡，丛丛簇簇，星星点点，装扮着逐渐冷素的季节。红蓼，像狗尾巴草摇身一变，满缀着玫红色的宝石，在绿丝绒一般的背景上热烈地绽放；蓼蓝是传统的草木染植物；水蓼生长在河边，味辣，可做调料；香蓼是比香菜薄荷味道还重的一种香草，在东南亚的许多菜品里我们都会遇到它……

这些蓼科里的姐妹，因其摇曳的身姿，姹紫嫣红的色彩，引人注目。

而火炭母，亦是蓼家族中的一种。拗口的名字让人无法联想这也是花名，如果不是适逢它一丛独立地开在南华禅寺的宝林门前，我几乎就会完全错过它。

● 南华禅寺的火炭母

宝林门外,放生池边,一片幽深的茂林之中,白色的花朵含着苞,挂着露珠,簇拥在一起。因为那花朵生得特别,所以特意去看。

又比对了植物网站的照片,初识它的名字——火炭母,没有别称。

花儿小小的,每一瓣皆饱满,洁净好看。

不开花的时候,火炭母的叶子和果实被人鄙薄,叶子像杂草，果实是黑色，露水一失，黑果就干瘪了。有人笑说那样子就好像一把煤渣撒在了荒草堆里。

火炭母的生长北不过黄河，所以北方人几乎没有见过这种植物。但无论哪一方水土的人，都应该吃过火炭母，它的茎叶入药入菜，是粮食也是药材，特别是有一款饮料里含有它——王老吉（或加多宝）……是的，说出这个名字估计大家就会恍然大悟了。

在广东传统的凉茶里，火炭母是配方中极为常见的一味药草，其主要功效是清热解毒。

不知为何，还没有走进六祖的弘法道场，我就被开在道场门口的这花儿打动了。名不见经传，貌不比繁花，藏身在绿海，却是苦口良药，独具清芬，一旦识得，人人受益。

这难道不是六祖惠能的写照吗？

禅宗六祖惠能，是广东新州人，个子瘦小，其貌不扬。年幼时父亲就去世了，他砍柴为生，与母亲相依为命。一日遇人诵《金刚经》，心下彻悟，得知禅宗五祖弘忍在湖北黄梅弘法，决定参礼问道。当他站到拥有二十五相好[①]的五祖面前时，二人贡献了佛教史上的一段经典对话——

[①] 佛陀有三十二相好。这三十二相指的是世间公认的好形象，比喻佛性的功德利益。只是为了表法生信而取的寓意，方便理解，学人不能执着外相。所以《金刚经》有言，不可以三十二相见如来，若见诸相非相，即见如来。对于功德，六祖惠能更有妙解，见性是功，平等是德。

白云沧海

五祖问：你是何方人，想求什么？

惠能答说：我是岭南人，不求别的，但求作佛。

五祖笑了，说：你一岭南人，蛮夷之地的獦獠，还想作佛？

五祖貌似讽刺的激将，得来了惠能振聋发聩的回答：人虽有南北，佛性本无南北。獦獠身与和尚不同，佛性有何差别？

● 人有南北，佛性本无南北

惠能出身贫贱，不识字，长相平凡。然而这并不能障碍他本具的佛性利根，更不会埋没掉他锐利的智慧。

在《六祖坛经》当中，通篇金句，涤荡身心。如：东方人造罪，念佛求生西方，西方人造罪，念佛求生何国？

惠能大师从般若的空性入手，无住无相无念，扫荡一切，平怀平等，解粘去缚，指向本分。

什么南蛮北狄，东方西方，佛性平等，粉碎一切分别！

他直指人心的顿教法门，让学人看到成佛的自信，也粉碎了嚼他人食从不自证的怠懒和妄心——自性内照。三毒即除。但心清净。即是自性西方。

当初他请人写偈子于南廊壁前，受人轻慢时说：欲学无上菩提，不得轻于初学。下下人有上上智。上上人有没意智。若轻人。即有无量无边罪。

六祖以樵夫文盲之身，不被成见偏见所拘，明心见性，彪炳史册。自他之后，禅宗花开五叶，也因他之功，令传入中国已久的佛教，终于与中国人的文化生活、精神气质发生了质的交融，"凡天下人言禅，皆说曹溪"。《六祖坛经》也是释迦佛之后唯一被世人尊称为经的著作。

花亦如人。

任何一个世间的存在，你可以轻视吗？那些看起来不符合审美法则的，不那么光彩照人的，恰恰颇有来历，堪当大任。包括你自己。你怎么知道自己本性当中的那颗摩尼宝珠，不是在尘埃的遮掩下，等候与你相见已经很久了呢？

2.
来历有人云

位于广东韶关曹溪之畔的南华禅寺，正是因为六祖惠能曾经在此讲法而蜚声古今的。

而在六祖到来之前，圆寂之后，与南华禅寺又有甚深因缘的至少有三位：智药三藏、憨山大师和虚云老和尚。

是的。这里也是虚云老和尚恢复的六大祖庭之一。它的丰富，需要悉心体会。

第一位要提到的，就是印度高僧智药三藏。举凡六祖弘法足迹，几乎都与他有关。

南华禅寺，始建于南北朝梁武帝时期。那个时候，梵僧智药三藏东渡来到中国，经由广东要去五台山礼拜文殊菩萨。第一站是广州，他把随身携带的菩提树种在光孝禅寺的戒坛之前，并且预言说，过后170年，将有肉身菩萨于此树下受戒，开演大乘，度无量众生。170年后，混迹在人群中的六祖惠能在此听到有二僧"风幡之辩"，直指"非风动非幡动，乃仁者心动"之要义。也因此缘，惠能被时任光孝寺方丈印宗和尚迎请，在树下祝发受戒，登坛讲法。智药三藏北上的第二站即是曹溪。公元502

年,当他路过这条河时,"掬水饮之,香味异常","四顾群山,峰峦奇秀,宛如西天宝林圣地"。他对人说:此山可建梵刹,将有无上法宝于此弘化,得道者如林。三年后,寺庙建成,梁武帝赐名"宝林寺"。而惠能落发之后的第二年,来到宝林寺,大弘教化37年,与前梵僧预言——相印。

后来宋太宗又赐名"南华禅寺",名字沿用至今。

走近南华寺,曹溪门外,是花坛,花坛两侧,售卖香品供物的摊点林立。那些用来祈福的字句折射着凡人的愿景,依傍着道场,做着生意。

由曹溪门、宝林门依次而进,古木参天,豁然开朗。天王殿、大雄宝殿和藏经阁厚朴庄严。南华寺的大雄宝殿是民国时期唯一一所采用立体布局的殿堂。它在"文革"中幸免于难。藏经阁内有许多国宝,武则天赐给六祖的千佛袈裟;六祖曾经用过的锡杖、念珠、坠腰石;隋唐的铁铸天人像释迦佛像;南北朝铁钟铜佛像;以及北宋的木雕五百罗汉。还存有武则天三请六祖而被婉拒的圣旨。女皇帝在其上写道:朕空披顶戴之

白 云 沧 海

● 曹溪水畔

● 灵照塔

诚，伫想醍醐之味，恨不趋倍下位，侧奉聆音，倾求出离之源，高步妙峰之顶。文采之美，问道之诚，溢于言表。

寺院的主体建筑仍然不以宏大为先，却有着深沉如一、清秀古雅的气质风貌。青砖灰砂砌墙，琉璃碧瓦为面，暗红色的圆柱，花格门窗。我们现在能看到的南华禅寺，除了灵照塔和祖殿外，都是虚云老和尚在1934年后募化重修的。老和尚道风素雅沉着，他恢复的祖庭也有着相同的风骨。

藏经阁后，一座灵照塔拔地而起。这座初建于唐朝的木塔，曾供奉过六祖的真身。它在饱尝了焚毁殆尽的刀兵劫，遍览了成住坏空的世间法后，在明代成化年间，改为砖塔。民国时塔基因有白蚁驻坏，虚云老和尚请出六祖真身，装进佛龛，普受供养。现在塔下供奉了毗卢遮那佛的像。

砖塔后面有祖师殿。塔殿之间，竟有古墓一座，这是当年捐地为庙的居士陈亚仙家的祖墓。寺院里竟然有居士古墓，这也是头一回看见。

这里也有一则典故，说的是当年六祖到了宝林寺，觉得寺院局促狭小，不足以容纳前来听法的人。于是他向这里的地主陈亚仙化缘，希望能有一个坐具那么大的范围。亚仙心想，不过就是一个凳子大小的地方，有何不可？于是同意。结果六祖展开他的坐具，竟然把曹溪整个地方都罩住了。陈亚仙明白这是和尚的法力和愿心，也愿意舍地为庙，但因为他的家族祖先有墓在此，希望保留。六祖依诺。留存至今。

苍凉岁月里,一座塔,一间祖殿和这一个古墓,信守了最初的约定,斑驳砖墙,荣损共担。

3.
荣辱风波里

南华禅寺的祖师殿,是寺院里最值得瞻礼的地方。

古老的祖师殿,竟然供着三位祖师的真身。唐代六祖惠能大师、明代丹田禅师、明代憨山大师。尤其是见到憨山大师,令来前未做足功课的我们非常惊讶。

这也是我要提的第二位与南华禅寺有大因缘的高僧。

憨山大师是明代四大高僧之一[①]。他是安徽人,本名德清,年轻时曾游学五台,因爱山之憨朴,自号为憨山。

多年前,我和青石曾避开游客喧哗的台怀镇,专程按图索骥,找到了憨山大师在五台的打坐石。石头藏在三山怀抱之间,孤立在一隅,无人打扰。坐于其上,云在身畔,喧嚣顿失,霎时清凉。仿佛无始以来,我们就在这石上坐,而云在身边飘。

我们坐了有多久?

朗月稀星,涓滴重露,晨曦暮霭,人我俱忘。

那一刻的放空,每每忆起,如深谷传音。

憨山大师一生足迹如何?我竟不知。

[①] 明代四大高僧:憨山大师、莲池大师、紫柏大师和藕益大师。

● 祖庭风骨

● 古无尽庵的禅堂

雪泥鸿爪，只言片语，完全是靠偶遇，慢慢串联成篇。

相传憨山大师曾与紫柏大师相对打坐40天，观照到当时禅门寥落，人才匮乏是因为"曹溪源头壅塞"，二人发愿要清除源头的淤滞。但没想到发愿不久，憨山即被恶人诬陷，累至充军，路过南华寺时，看见六祖祖庭已然衰败不堪，却身不由己，无奈离开。直到54岁时，憨山再来南华，这时候的曹溪地痞出没，门前杀鸡宰羊，而民间又以此处为风水宝地，宝林山成了墓地。憨山大师找到了时任两广总督戴遥，在他的护持下，憨山大师顿洗百年积垢，还收养了附近的孤儿和贫穷人家的孩子，苦心培育，十多年后，阴霾一扫，祖庭重光。

憨山大师一生坎坷，被诬后充军，建设南华时再被诬告，颠沛流离，老病交加。虽然最终冤情大白，但不公却让憨山屡次三番受累。

他曾作自题诗说：少小出家，老大还俗。装憨打痴，有皮没骨。不会修行，全无拘束。一朝特地触龙须，贬向雷阳做马卒。而今躲懒到曹溪，学坠石头舂米谷。

祖师以他的幽默和宽忍，将那些坎坷全部轻描淡写，一笔带过了。

晚年时憨山应邀讲法，在当年惠明追惠能大师，衣钵至于石上拿不起来的大庾岭，他看到了怒放的梅花。大师内心感慨，口占一绝：

五云一望入南安，万垒千回六六滩；行到山穷水尽时，梅花无数岭头看。

年底他回到曹溪，第二年一代高僧圆寂。

翻看南华寺的兴衰史——梁武帝时建成，隋末遭兵火，荒；唐惠能驻锡，得以中兴；宋初，南汉残兵为患，毁于火；宋太祖令修复，改"宝林"为"南华"；元末，三遭兵火，衰；明憨山大师中兴；明末，荒废；清，平南王尚可喜重修，后衰；1934年，虚云和尚重修；"文革"，真身游街，佛源和尚藏真身于后山树下，监督下劳改。1978年佛源老和尚平反，经中国佛协告知时任广东省书记习仲勋，在此过问下1981年惠能等三位大师的真身得以重塑面世。

…………

站在祖师们的真身前，我们的想象力不够，史上人之恶行，往往耳闻面对时，令人瞠目结舌不寒而栗。

后来我看到过梦参老和尚的一段讲座视频，他对自己曾经遭遇的33年牢狱之灾这样看待：当闭关了。那些年里，一句偈颂让他渡过难关：假使热铁轮，在汝顶上旋，终不以此苦，退失菩提心。①

慈心待人，悲心处世，一代一代的大德遭遇过那些非人的磨难，历练出的是砂中的金，深海的贝，熠熠之光，星火不灭。

---

① 此偈出自《大方便佛报恩经》。

● 砂中金，深海贝，自磨难中来，自平凡中来

4.
自性无尽藏

走出了三重殿，我们往后山走。

山的名字叫天王山。据传也是因为当年六祖向陈亚仙化缘要地时，四大天王现身山上而得其名。虚云老和尚的纪念馆和舍利塔在这里都有供奉。

广袤深林中的山，幽静安宁。

在虚云老和尚的舍利塔前，一队比丘尼和女居士正在绕塔。我们加入了她们。

民间有种说法，说虚云老和尚是憨山大师再来。他们出生时都是白衣从袍，医学上称之为胞衣。名字都叫德清。也都是少小出家，历尽艰辛，又先后在六祖道场复兴禅法。

大德总是有相同之处。想想我们的哪一位祖师不是再来？

连愚痴如我，也是愚痴再来吧。

天王山下，曹溪水边，一脉相承，谁来做汝？

拜完舍利塔，按照山中的路牌指示走到了古无尽庵。

依然是先走万里路，再看相关书。古无尽庵有着与许许多多安守本分，看顾自心的那些寺院共同的气质。牌楼里是一个有路的院子，院子里的第一间房就是禅堂。禅堂外的窗户下面整齐地码放着柴薪，禅堂的对面是几垄菜地，菜地旁种着很多树，一眼能认出来的是椰子树。微风吹来，飘过一路萦绕不散的桂花香。我抬头看，已经过了花季的桂花零星开着，那喜人的暖黄色花瓣温润而柔美。

再往里走，就是寺院了。领着珈宝在古无尽庵匆匆巡礼了一番，看到之前在虚公塔那里遇到的比丘尼和居士们回到了这里。这里给我留下了一个印象，古无尽庵是比丘尼寺院，应该是南华寺的下院。

回到家后查看资料，印证了我当时的感觉。这座朴素的寺院是当年六祖座下的比丘尼弟子无尽藏的道场，如今的确作为南华寺下院，有许多尼师和女居士在此修行。

无尽藏比丘尼的侄子、儒生刘志略曾在惠能离开黄梅，躲避同门追索衣钵至曹溪时收留过他。无尽藏也由此因缘向六祖问法，她向惠能请教自己常读的《大般若经》，六祖回说：字则不识，义则可解。无尽藏很惊讶，问不认字怎么能解经？六祖又说了一句令她骇然的话：

诸佛妙理，非关文字，尽在自性中。

无尽藏知道所遇非凡，她念一段，惠能就解一段。六祖言简理当，深刻透彻，令无尽藏茅塞顿开，她让侄子好生礼待，刘志略更是向惠能请教儒家和佛家的异同，六祖妙论让无尽藏姑侄二人受益良多。15年后，惠能归曹溪，重建寺院时，为无尽藏比丘尼专门建了一所庵院。而无尽藏也是中国第一位女禅师。后来她也修成了真身，供奉在庵院中。

这座庵院，憨山与虚云都先后重建过。"文革"时真身庵院尽毁，我们现在看到的古无尽庵是1986年重建的。

掩卷至此，不由慨叹。

如果你不知道无尽藏比丘尼，甚或到了韶关南华禅寺，看见古无尽庵也难名其妙，那么有一首著名的唐诗——《嗅梅》，你一定会似曾相识：

尽日寻春不见春，芒鞋踏遍岭头云。归来笑拈梅花嗅，春在枝头已十分。

这首唐诗,被高考模拟作文题库多次用在材料作文里,作者标注的是唐·无尽藏。

是的。它就是无尽藏比丘尼开悟时写下的偈子。

宝林门外的火炭母、大庾岭的梅花、古无尽庵的丹桂……无论花儿叫什么名字,万法归宗,都是为了唤起我们的疑情,打消串习形成的虚妄,反观到内心的光明。

回过头来再读《六祖坛经》。

六祖云:何名坐禅?外于一切善恶境界,心念不起,名为坐;内见自性不动,名为禅。

又云:若修不动者。但见一切人时。不见人之是非。善恶。过患。即是自性不动。

还云:善知识。无者无何事。念者念何物。无者。无二相。无诸尘劳之心。念者。念真如本性。真如自性起念。六根虽有见闻觉知。不染万境。而真性常自在。故经云。能善分别诸法相。于第一义而不动。

坐禅不动,无念真如。每一句经文,都让人汗流浃背。八风中有任何一风刮来,此心攀附二相,立即人我是非,善恶站队,不染不着,几乎没有。觉性站岗,稳住片刻;觉性溜号,全军覆没。纵观多少回的情绪起伏,做主的都是情绪,觉性几乎都是用来后悔的。

大到忧国忧民，小到居家度日。琐如柴米油盐，碎若捕风捉影。这一颗心，无烦恼生烦恼，有烦恼观不尽。

种种无明，时时警醒。

螺旋式上升的道路，重重阻力来自一个"我"字，觉时轻松，不觉紧缚。文天祥诗句有云：佛化知几尘，患乃与我同。有形终归灭，不灭惟真空。笑看曹溪水，门前坐松风。

深山古寺，花谢花开，经典屹立，只待来人。我们一趟一趟地出发，一遍一遍地读经，一次一次地返照自身。混沌后察觉，察觉后忘失。忘失后沉沦。沉沦后上路。上路之后再恍然。

就是这样，我们在艰难地进步。

花界之旅 · 旅行贴士

1. 南华禅寺，在广东省韶关市曹溪之畔，是禅宗六祖惠能弘扬"南宗禅法"之地。亦是明代四大高僧之一的憨山大师晚年修行及圆寂之处。祖师殿至今供奉着唐代六祖惠能大师、明代丹田禅师、明代憨山大师的真身。古无尽庵是南华禅寺的下院，是惠能大师的女弟子无尽藏比丘尼的道场。同期还可安排的参访有大觉禅寺，在韶关市乳源县云门山，那里是禅宗五大支派之一云门宗的发祥地。

2. 9—10月，是桂花花期；11月，山门外，火炭母盛开。

鼓山木荷

鼓山，无疑是逶迤的。

凭窗远眺，它如青如黛，似晕染开的水墨，在城的东侧，与我遥遥致意。

这座浸润着茉莉花茶香的古老城市，老屋新筑，参差矗立，在那些宣示着马上要迎头赶上潮流的脚手架后面，即是鼓山。热闹的规划图景之外，它遗世而独立。山并不高，却自有威仪，舒展开来，连绵成无尽的山峦。

远望鼓山时，山有岚色，云雾变幻，分神的片刻，它就又有不同；待到缓行而上，漫山遍野的木荷树，枝繁叶茂，蜿蜒摇曳。这是隆冬季节，状若白荷花的木荷尚未开花；清风送来的是似有若无的桂子香气，仔细搜寻去，看到的却是杜鹃、决明子和山茶的身姿。这该又是一座百花山了吧？

鼓山，因其山巅有巨石如鼓，每逢风雨大作时，颠簸激荡，有声远闻而得名。位于半山腰的涌泉寺始建于公元783年，初名

● 自鼓山眺福州城

● 鼓山，是虚云老和尚出家的地方

华严寺，后曾用名鼓山白云峰涌泉禅院。因寺院前有深壑涌泉如波，被称为涌泉寺。这里是虚云老和尚19岁出家，20岁受具足戒之地，亦是他以90岁高龄重整道风，复兴祖庭的古刹。

这是戊戌年末的冬天，2019年的元旦，南方养心养气的绿植生长得却如此茂盛，似乎只消闭目，那来自山林里的轻盈，就可以托举住沉重的肉身。站在山巅，回望百舸争流的城市，或先验或落伍的差别不见了，喧闹之城因为有了距离变得似乎可亲起来，山与城互相守望着，白云吞吐，为之勾勒出沧海桑田。

1.
净地何须扫，空门不用关

涌泉寺在鼓山的中段，它前临香炉峰，后枕白云峰，自外而视，不见寺院。由缆车出口前行，要经过很长一段步道，步道两侧种满了桂花。桂花显然已经开过了，青苔地上掉落着有些焦黄的细碎花瓣，也有那后知后觉的，零零星星地站上枝头，暗香幽传。

步道靠山的一侧，有鼓山著名的摩崖石刻，篆隶行草，或秀雅或遒劲，书写着佛经里的句子，修行中的心得……还有一些嵌有"云"字的词散落其间：白云沧海、云磴松涛、眼底浮云……似乎在提醒着来人，这里，云曾来过，直到今天，云还在，云未散。若你有心，还会看到。

经过步道，甬道，丛丛簇簇的双荚决明开得正好，掩映在后的无尽石门里，立着一个小小的碑亭，一句"南无阿弥陀佛"静

● 山门外,僧影淙淙

立其上。站在这个类似歇脚亭子的空门里,回望鼓山,不见鼓山,前瞻涌泉,却又被围墙阻隔。

"进山不见寺,进寺不见山"之说,似得印证。

再往旁边走,陶塔出现了。这一对宋代烧制的陶瓷千佛塔,是涌泉寺三宝之一,陶塔因其年代久远,烧制材质不同,属于国内罕见。另外两宝,是雕版和血经。涌泉寺自宋代就刻经印经,清康熙年始,寺院成为全国出版经书的重要场所。弘一大师1929年曾赞叹鼓山涌泉为"庋藏佛典古版之宝窟";而历代高僧刺血

● 一株山茶在影壁前开放

书写的经书多达657册，也被收藏在寺里。

继续前行，穿过古木林，天王殿出现了。弥勒端坐，笑迎十方来客。天王殿前是一个非常大的缓坡，缓坡两边是台阶，有人在台阶上留影，孩子们爬上缓坡，又俯冲下来，一遍一遍，乐此不疲。

天王殿正对着的矮坡前是类似影壁一样的桥栏，上面镌刻着"知恩报恩"四个大字。就在这面影壁前，一棵高大的山茶在绽放。山茶是桃红色，单瓣，叶子油绿，花叶绰约，殿前有僧人缓步走过。

这座寺院，建筑格局的确不同一般。它并不能一目了然，涌泉的三进院与石鼓名山捉着迷藏，似乎峰回路转，继而柳暗花明，才能访到。寺院也没有大门，有立柱上写着：净地何须扫，空门不用关。

天王殿后是大雄宝殿，再往后是法堂。寺院恢宏齐整，用色多为绛红和泥灰，目及之处，廊檐立柱，威严而简穆，尽管是新年第一天，游客并不多，三三两两地被稀释在大庙里，不扰清净。

涌泉寺的三铁，也因为认真的拜谒都看到了——大雄宝殿的铁丝木供桌；方丈室前的铁树；香积厨中可供千人食用的铁锅。在观音殿里，我们为家人和朋友供灯，朋友的灯燃起来稍微费了点儿劲儿，风从四方来，若能护住火苗，需要我们合力围拢，终于一灯闪耀，大家都松了口气——苦厄从无常中来，亦可安顿在无常中。若人能思维苦厄之由来，修正起心动念，修正一言一行，视苦厄为增上缘，苦厄之转化也是指日可待了吧！

2.
山寺不相违，有戒清凉地

我来鼓山，其实还是为着要寻隐。隐者虚云，是禅门泰斗，

● 有戒清凉地

他出家受戒，由此起步。1929年，90岁的虚老被杨树庄、方声涛居士迎请回鼓山，复兴祖庭。

那个时候的鼓山，流弊众多，从事经忏唱诵者多，禅堂里坐禅行香者无。以经板收藏而扬名的大庙，拓本衰败；被人诟病为以其历史远而僧习漓，风景优而雅俗混，佛殿中建台，俗乐与梵音杂奏，白衣偕缁衲同嬉……

重整河山，需要大智，也需要大勇。

虚老来此，整理经板——苏东坡曾为金山寺写《楞伽经》，无一懈笔。这是东坡一生杰作。鼓山得其最早拓本，明代各经也很丰富，但年久而散放架上，终致衰败。整理经板，令所有珍藏重新得到规划；而俗乐、殿中高台等皆被禁革之。很多斋主看到老和尚如此整肃，纷纷另寻其他热闹处，致使门庭一下冷落不少，有些以此谋利的僧人就不高兴了，而老和尚却欣喜言道：自今而后，得清净佛土矣！

虚云复兴祖庭，重肃门风，不仅仅于此修缮房屋，最为艰难的，就是寺制改革。流弊从哪里来？从积习中来，从戒行不严而来。一个后来在圆寂时，谆谆嘱托门人守"戒"的大德，看到法门荒废，其痛心可想而知。他由是规定：不允许任何人私收徒众；取消小锅饭菜；取消空名闲职，首座当家知客大部分减掉了，量才用人。

此三项引起部分寺僧仇恨，结果就有了冬夜举火事件。人为的火灾也证明了复兴和改革的困难。闽省当局逮捕了十多名嫌疑僧人，僧人供出缘由，虚云老和尚却为他们请释，希望当局能宽大处理，以观后效。

继而第二步，是整理道风。鼓山禅曾经闻名遐迩，而老和尚归来时，禅堂有名无实。除了看门的僧人外，无人坐香。老和尚恢复了旧有12支香的参禅制度。逢冬加香打七。以念佛为常课。请来了慈舟老法师主持。担心少年废学，设学戒堂，后依此又改为鼓山佛学院。一个鼓山，由此具足了整个佛法的体系，禅、净、教、律，似已完满。但虚老并不以此为足，更设有延寿堂和如意寮，专供年老无力者作修养之所，请医生，备药材，治病照应，日以三支香佛事为恒课。

修缮危房，令古庙无一处不整爽洁净，外境已清理，心地即可扫啦。而他自衣履简朴依旧，居所内除一榻一柜一桌外，别无他物。

这样的一位老人，不苟言笑，须发皆白，以近百年之身，躬耕田野，亲身演说法意，住持数年，令鼓山涌泉僧伽至众，道风昂然，鼓山、金山和高旻的禅法，由此鼎立而三。

再读老和尚的遗言：为国内保存佛祖道场，为寺院守望祖德清规，为一般出家人保存此一领大衣，是我拼命争回的，如何能够永久保守此一领大衣呢？只有一字，曰：戒。

● 道风严净，道可长久

口是心非的不是戒，巧言令色的不是戒，自赞毁他不是戒，人夸则喜人诽则怒不是戒，贪求五欲①不是戒，耽溺五毒②不是

---

① 五欲：指佛教在日常修道所遇到的第一重障碍，包括财、色、名、食、睡。
② 五毒：佛教对贪、嗔、痴、慢、疑这五种人们常见的习性的概括，佛教认为这五种习性像五种毒药一样，障碍本性，产生烦恼，令人承受痛苦。

● 心地可扫

戒……

    修行也易，从放弃恶言恶行恶念开始，就可以上路；修行也难，从起心动念的每一刻，都要足够强大的觉照力来放弃恶言恶行恶念，并且坚持下去——对自身流弊也痛下杀手，还要持之以恒，何其难哉！

    然而，只能以戒为师，别无他法。

1930年,方丈室外,有两株凤尾铁树,系唐代古树,已有千年。那一年虚云和尚91岁,在鼓山住一年,春期传戒期间,铁树开花,花大如盆,如优昙花。众人见了,无不惊叹。

1934年,师父95岁,一早梦六祖三次,催促他去重兴南华禅寺。三天后李汉魂电函至,邀师前往。随后虚老在斋堂向大众辞别,不回丈室,绕道到天王殿拜别韦陀菩萨,径自下山,待僧众们齐集山门外为师送行时,虚云和尚已经走了。

走后数日,回龙阁被毁。

代替的当家引以自咎道:老和尚在时,火不能烧,老和尚刚走,屋阁毁坏,岂不是我们德行福报不够吗?

⋯⋯⋯⋯⋯

3.
白云隐于石,木荷开满山

其实,庙的兴废,法的传承,其间真谛,不离一个"戒"字。

戒行清净,一切清净。一人清净,法界清净。

然而,在此有漏①的世间,要求自己最难。

佛陀在世的时候,他的堂兄提婆达多嫉恨他,做了非常多的坏事来诽谤佛陀,佛陀观察到累世的因果,不被他的言行干扰,专志修行;虚云和尚恢复祖庭之路,颇多考验,有人放火,有人诬告,其间更有被人打断肋骨,入定月余之劫⋯⋯

---

① 有漏:漏即烦恼。有漏世间,意思是有烦恼的世间。

所有非难，大德们都一一度过了。对自己的要求，在一桩一桩难事当中完成了。

那些提婆达多，可有回头一觉？

我们在法堂外驻足，看见有人用毛笔蘸水写下了祝福：

新年快乐，诸事吉祥。

这是普罗大众对于美好生活的期许，然而美好的生活愿景在实现的路程中，是否需要我们懂得有所为，有所不为，不可不为，决不可为的规则？

生活中的规则也是戒，在规则里游刃有余，才是大自由啊。

我也有话自祝：

觉者在时，摆渡救人，觉者不在，以戒为师。若不守戒，野舟自横。一切言行，不昧因果。

就在这里思维时，女儿唤我，妈妈，你看，这个花。

我顺着孩子的手指，发现了盆栽的山茶。

山茶含苞累累，娇憨样貌惹人喜爱。

念及自己已经走过的虚老道场，云门老和尚的舍利塔前有山茶，南华山门外有山茶，华亭更有一株复瓣山茶树，刚才在鼓山影壁前的那棵山茶……

老和尚是喜欢这山茶吗？

想想又不尽然。

花儿在山上，有显有隐。节令不同，开不同的花。仿佛佛为

● 节令不同，花儿或显或隐

众生说法，并无定法可说，来的是什么根器的人，就讲适合他听的法。

因材施教，应机说法，是佛陀在实践教育时的方便和善巧。花儿的开与不开，是不是也是一种善巧的寓意呢？

上山时我们看到的秀雅绿树，那些叶子修长优美，比比皆是。当时并不了解它的来历，仔细比对后才知道是木荷。

木荷，亦是山茶科的一种，是高大乔木，多种植于南方，夏

● 满山木荷,叶子修长优美

天开白色的花,花蕊是黄色,样貌仿佛荷花,因而得名木荷。它既是绿化和用材的优良树种,同时还是很好的防火林种。盛夏时分,芳香四溢。

我们选择在冬天来,见到的是山茶的幼苞、决明子的花朵、桂子的残瓣与木荷的叶,当然,还有我们叫不出认不得的那些花儿。

白 云 沧 海

● 寻隐,并非是找到那个人,而是因此检点心行

花儿无言,默默表法。

你若有所领悟,便不负这花期。

就像那满山的摩崖石刻,沧海里的白云,松涛中的云磴,眼底和心外的那些浮云,不都是隐者留下的踪迹吗?

虚云和尚常常以一首禅诗自勉:一池荷叶衣无尽,满树松花食有余。刚被世人知住处，又移茅屋入深居。

因此我们看到他在终南山狮子茅棚隐居，不堪寻隐者骚扰，遁迹太白山；我们也看到在鼓山，尚有老和尚隐居的白云洞……

我们寻隐，不是非要找到那个人，而是要睁开心眼，看到他做过的事，听见他说过的话，思维他的用心，对照自己仰止的大道，检点此刻的心行……

能做到一分，鼓山木荷的香，便已闻得一分了啊。

花界之旅·旅行贴士

1. 涌泉寺在福建省福州市鼓山。
2. 每年5月，木荷开满山；9—10月，桂花花期；12—1月，杜鹃、决明子和山茶开放。

后 记

写寺院和花儿，是无心的开始，开始以后竟然就停不下来了。

生命哲学的知识和理论于我，在最初的接触当中，总是显得那么艰深，仿佛隔着深渊，常有"与我何干"之问，无法产生真切的联系。

直到去亲历，去远涉山水，克服路上的劳累和疲倦，经过"苦其心志，劳其筋骨，饿其体肤，空乏其身"之后，才有后知后觉，恍然大悟的某一刻，那时的痴痴然又欣欣然，开心得如获至宝："原来你们在这里啊！原来是这样啊！"

当然也有无所得，甚至失望的时候，但多年来的体会，也让我懂得，有些行走，不会马上抵达一个彼岸，更多时候，那只是漫长积累中的一小步，"不积跬步无以至千里"是也！对彼岸不必有执念，到彼岸，那是行走的一部分，走好每一步，才是行走和寻访的重要内容。

连失望和无解，都是重要的。

你会看到经络不通的那个结节在哪里，你的执念在哪里，是哪一片叶子遮挡了你看世界的视线。

所失即所得。缺是圆的一部分。得失圆缺，不是对立，是互即互入，是彼此皆是。只要在路上，就是好的，就是圆满的，就是奇妙的"百千万劫来遭遇"。

而同一个地方，季节、气候、有花开、无花而枝叶繁盛、同行的人、目睹的景象、见解的积累程度和修证程度……都影响着境界的呈现。

事物客观存在着，亘古以来在物质与能量守恒的定律里等待着我们，我们因为自身的局限和发展，以某一个切入点管窥着其中的一斑。

不敢说，那就是它了。

因为知不足。

但有时候，也敢说，那就是它啊！

因为有体认。

有人说，我们看到的世界，是内心的山河映现。我赞同。我们保持一个开放的可能，有一个借力，然后我们看到山河的表象、肌理和本性，然后我们扔掉这个媒介，扔掉看的这个我，成为花界之花，融入花界之界。那是远行以后返乡的功课。

感谢一直敦促我写完这本书的编辑老师杨书澜女士，亦师亦友的她，对学术认真，对生活热忱，是《花·界》的知音，也是我的荣幸；感谢本书责任编辑魏冬峰老师，您的严谨细致和深切理解令这些跋涉熠熠生辉；感谢封面设计任玥和内文设计小林，美好与力量并蓄，是这本书想要传达的，你们通过设计与之相应；感谢《佛教文化》杂志主编梅进胜、编辑李玲玉和朱江锋，因为你们的邀约和等待，《花·界》在出版之前，以专栏的形式连载了多年；感谢我的同修道友青石师兄，坦途险滩，我们比肩同行。

也谢谢看这些文字的你们。怀揣明珠如你我，必将照破山河万朵。

我们走下去。

程然

2019年9月25日初稿

2019年11月15日修订